海上絲綢之路基本文獻叢書

# 海録
# 海録注

〔清〕謝清高　口述／馮承鈞　釋

文物出版社

圖書在版編目（CIP）數據

海録；海録注 /（清）謝清高口述；馮承鈞釋. --
北京：文物出版社，2022.7
（海上絲綢之路基本文獻叢書）
ISBN 978-7-5010-7606-2

Ⅰ. ①海… Ⅱ. ①謝… ②馮… Ⅲ. ①游記－作品集
－中國－清代②《海録》－注釋 Ⅳ. ① I264.9

中國版本圖書館 CIP 數據核字（2022）第 086703 號

海上絲綢之路基本文獻叢書

海録·海録注

口　　述：〔清〕謝清高
策　　劃：盛世博閱（北京）文化有限責任公司

封面設計：鞏榮彪
責任編輯：劉永海
責任印製：張道奇

出版發行：文物出版社
社　　址：北京市東城區東直門内北小街 2 號樓
郵　　編：100007
網　　址：http://www.wenwu.com
經　　銷：新華書店
印　　刷：北京旺都印務有限公司
開　　本：787mm×1092mm　1/16
印　　張：14.875
版　　次：2022 年 7 月第 1 版
印　　次：2022 年 7 月第 1 次印刷
書　　號：ISBN 978-7-5010-7606-2
定　　價：98.00 圓

# 總緒

海上絲綢之路，一般意義上是指從秦漢至鴉片戰爭前中國與世界進行政治、經濟、文化交流的海上通道，主要分爲經由黄海、東海的海路最終抵達日本列島及朝鮮半島的東海航綫和以徐聞、合浦、廣州、泉州爲起點通往東南亞及印度洋地區的南海航綫。

在中國古代文獻中，最早、最詳細記載『海上絲綢之路』航綫的是東漢班固的《漢書·地理志》，詳細記載了西漢黄門譯長率領應募者入海『齎黄金雜繒而往』之事，書中所出現的地理記載與東南亞地區相關，并與實際的地理狀況基本相符。

東漢後，中國進入魏晉南北朝長達三百多年的分裂割據時期，絲路上的交往也走向低谷。這一時期的絲路交往，以法顯的西行最爲著名。法顯作爲從陸路西行到印度，再由海路回國的第一人，根據親身經歷所寫的《佛國記》（又稱《法顯傳》）一書，詳細介紹了古代中亞和印度、巴基斯坦、斯里蘭卡等地的歷史及風土人情，是瞭解和研究海陸絲綢之路的珍貴歷史資料。

隨着隋唐的統一，中國經濟重心的南移，中國與西方交通以海路爲主，海上絲綢之路進入大發展時期。廣州成爲唐朝最大的海外貿易中心，朝廷設立市舶司，專門管理海外貿易。唐代著名的地理學家賈耽（七三〇～八〇五年）的《皇華四達記》記載了從廣州通往阿拉伯地區的海上交通『廣州通夷道』，詳述了從廣州港出發，經越南、馬來半島、蘇門答臘半島至印度、錫蘭，直至波斯灣沿岸各國的航綫及沿途地區的方位、名稱、島礁、山川、民俗等。譯經大師義浄西行求法，將沿途見聞寫成著作《大唐西域求法高僧傳》，詳細記載了海上絲綢之路的發展變化，是我們瞭解絲綢之路不可多得的第一手資料。

宋代的造船技術和航海技術顯著提高，指南針廣泛應用於航海，中國商船的遠航能力大大提升。北宋徐兢的《宣和奉使高麗圖經》詳細記述了船舶製造、海洋地理和往來航綫，是研究宋代海外交通史、中朝友好關係史、中朝經濟文化交流史的重要文獻。南宋趙汝適《諸蕃志》記載，南海有五十三個國家和地區與南宋通商貿易，形成了通往日本、高麗、東南亞、印度、波斯、阿拉伯等地的『海上絲綢之路』。宋代爲了加强商貿往來，於北宋神宗元豐三年（一〇八〇年）頒佈了中國歷史上第一部海洋貿易管理條例《廣州市舶條法》，并稱爲宋代貿易管理的制度範本。

元朝在經濟上採用重商主義政策，鼓勵海外貿易，中國與歐洲的聯繫與交往非常頻繁，其中馬可•波羅、伊本•白圖泰等歐洲旅行家來到中國，留下了大量的旅行記，記録元代海上絲綢之路的盛况。元代的汪大淵兩次出海，撰寫出《島夷志略》一書，記録了二百多個國名和地名，其中不少首次見於中國著録，涉及的地理範圍東至菲律賓群島，西至非洲。這些都反映了元朝時中西經濟文化交流的豐富内容。

明、清政府先後多次實施海禁政策，海上絲綢之路的貿易逐漸衰落。但是從明永樂三年至明宣德八年的二十八年裏，鄭和率船隊七下西洋，先後到達的國家多達三十多個，在進行經貿交流的同時，也極大地促進了中外文化的交流，這些都詳見於《西洋蕃國志》《星槎勝覽》《瀛涯勝覽》等典籍中。

關於海上絲綢之路的文獻記述，除上述官員、學者、求法或傳教高僧以及旅行者的著作外，自《漢書》之後，歷代正史大都列有《地理志》《四夷傳》《西域傳》《外國傳》《蠻夷傳》《屬國傳》等篇章，加上唐宋以來衆多的典制類文獻、地方史志文獻，集中反映了歷代王朝對於周邊部族、政權以及西方世界的認識，都是關於海上絲綢之路的原始史料性文獻。

海上絲綢之路概念的形成，經歷了一個演變的過程。十九世紀七十年代德國地理學家費迪南·馮·李希霍芬（Ferdinad Von Richthofen，一八三三～一九〇五），在其《中國：親身旅行和研究成果》第三卷中首次把輸出中國絲綢的東西陸路稱爲『絲綢之路』。有『歐洲漢學泰斗』之稱的法國漢學家沙畹（Édouard Chavannes，一八六五～一九一八），在其一九〇三年著作的《西突厥史料》中提出『絲路有海陸兩道』，蘊涵了海上絲綢之路最初提法。迄今發現最早正式提出『海上絲綢之路』一詞的是日本考古學家三杉隆敏，他在一九六七年出版《中國瓷器之旅：探索海上的絲綢之路》中首次使用『海上絲綢之路』一詞；一九七九年三杉隆敏又出版了《海上絲綢之路》一書，其立意和出發點局限在東西方之間的陶瓷貿易與交流史。

二十世紀八十年代以來，在海外交通史研究中，『海上絲綢之路』一詞逐漸成爲中外學術界廣泛接受的概念。根據姚楠等人研究，饒宗頤先生是華人中最早提出『海上絲綢之路』的人，他的《海道之絲路與昆侖舶》正式提出『海上絲路』的稱謂。選堂先生評價海上絲綢之路是外交、貿易和文化交流作用的通道。此後，大陸學者馮蔚然在一九七八年編寫的《航運史話》中，使用『海上絲綢之路』一詞，這是迄今學界查到的中國大陸最早使用『海上絲綢之路』的人，更多地限於航海活動領域的考察。一九八〇年北京大學陳炎教授提出『海上絲綢之路』研究，并於一九八一年發表《略論海上絲綢之路》一文。他對海上絲綢之路的理解超越以往，且帶有濃厚的愛國主義思想。陳炎教授之後，從事研究海上絲綢之路的學者越來越多，尤其沿海港口城市向聯合國申請海上絲綢之路非物質文化遺産活動，將海上絲綢之路研究推向新高潮。另外，國家把建設『絲綢之路經濟帶』和『二十一世紀海上絲綢之路』作爲對外發展方針，將這一學術課題提升爲國家願景的高度，使海上絲綢之路形成超越學術進入政經層面的熱潮。

與海上絲綢之路學的萬千氣象相對應，海上絲綢之路文獻的整理工作仍顯滯後，遠遠跟不上突飛猛進的研究進展。二〇一八年厦門大學、中山大學等單位聯合發起『海上絲綢之路文獻集成』專案，尚在醞釀當中。我們不揣淺陋，深入調查，廣泛搜集，將有關海上絲綢之路的原始史料文獻和研究文獻，分爲風俗物産、雜史筆記、海防海事、典章檔案等六個類别，彙編成《海上絲綢之路歷史文化叢書》，於二〇二〇年影印出版。此輯面市以來，深受各大圖書館及相關研究者好評。爲讓更多的讀者親近古籍文獻，我們遴選出前編中的菁華，彙編成《海上絲綢之路基本文獻叢書》，以單行本影印出版，以饗讀者，以期爲讀者展現出一幅幅中外經濟文化交流的精美畫卷，爲海上絲綢之路的研究提供歷史借鑒，爲『二十一世紀海上絲綢之路』倡議構想的實踐做好歷史的詮釋和注脚，從而達到『以史爲鑒』『古爲今用』的目的。

# 凡例

一、本編注重史料的珍稀性，從《海上絲綢之路歷史文化叢書》中遴選出菁華，擬出版百册單行本。

二、本編所選之文獻，其編纂的年代下限至一九四九年。

三、本編排序無嚴格定式，所選之文獻篇幅以二百餘頁爲宜，以便讀者閱讀使用。

四、本編所選文獻，每種前皆注明版本、著者。

五、本編文獻皆爲影印，原始文本掃描之後經過修復處理，仍存原式，少數文獻由於原始底本欠佳，略有模糊之處，不影響閱讀使用。

六、本編原始底本非一時一地之出版物，原書裝幀、開本多有不同，本書彙編之後，統一爲十六開右翻本。

# 目録

# 海録

# 海録

一卷

〔清〕謝清高　口述　〔清〕杨炳南　筆受

清咸豐元年番禺潘氏刻《海山仙館叢書》本

咸豐辛亥鐫

# 海録

海山仙館叢書

序

余鄉有謝淸高者少敏異從賈人走海南遇風覆其舟拯于番舶遂隨販焉每歲徧歷海中諸國所至輒習其言語記其島嶼阨塞風俗物產十四年而後反粵自古浮海者所未有也後盲于目不能復治生產流寓澳門爲通譯以自給嘉慶庚辰春余與秋田李君遊澳門遇焉與傾談西南洋事甚悉向來志外國者得之傳聞證于謝君所見或合或不合蓋海外荒遠無可徵驗而復佐以文人藻繢宜其華而尟實矣謝君言甚樸拙屬余

錄之以爲平生閱歷得藉以傳死且不朽余感其意遂
條記之名曰海錄所述國名悉操西洋土音或有音無
字止取近似者名之不復強附載籍以失其眞云嘉應
楊炳南序

# 海錄目錄

萬丹　咕噠疑即瓜哇所轄有三畫息邦烏落新泥黎各地

吧薩　崑甸俗名金山

萬喇　戴燕

卸敖　新當

馬神　蔣哩悶

三巴郎　麻黎

茫咖薩　細利窪

唵悶　唵門

地悶　文來

# 海録

嘉應楊炳南秋衡

萬山一名魯萬山廣州外海島嶼也山有二東山在新安縣界西山在香山縣界沿海魚船藉以避風雨西南風急則居東澳東北風急則居西澳凡南洋海艘俱由此出口故紀海國自萬山始既出口西南行過七洲洋有七洲浮海面故名又行經陵水見大花二花大洲各山順東北風約四五日便過越南會安順化界見咕嗶羅山朝素山外羅山順化即越南王建都之所也其風

俗土產志者旣多不復錄又南行約二三日到新州又南行約三四日過龍柰又謂之陸柰即海國見聞所謂祿賴也爲安南舊都由龍柰順北風日餘至本底國

本底國在越南西南又名勘明疑即占城也國小而介于越南暹羅二國之間其人顏色較越南稍黑語音亦微異土產鉛錫象牙孔雀翡翠箭翎班魚脯又順東北風西行約五六日至暹羅港口

暹羅國在本底西縱橫數千里西北與緬甸接壤國大而民富庶船由港口入內河西行至國都約千餘里夾

岸林木葱蘢田疇互錯時有樓臺下臨水際猿鳥號鳴相續不絕男女俱上裸男以幅布圍下體女則被帬官長所被衣其製與中國兩衣略同以色辨貴賤紅者爲上右臂俱刺文形若任字王則衣文彩繡佛象其上飛金貼身首器皆以金陸乘象輦水乘龍舟凡下見上裸體跣足屈腰蹲身國無城郭民居皆板屋王居則以瓦覆其上臨水爲之土人多力農時至則播種熟則收穫無事耘鋤故家室盈寧稱爲樂土商賈多中國人其釀酒販鴉片煙開場聚賭三者搉稅甚重俗尊佛教每日

早飯寺僧被袈裟沿門托鉢凡至一家其家必以精飯肴蔬合掌拜獻僧置諸鉢滿則回寺奉佛又三分之僧食其一鳥雀食其一以其一飼蟲鼠終歲如是僧無自舉火者出家爲僧謂之學禮雖富貴家子弟亦多爲之弱冠後又聽其反俗其婚嫁男家伴以男女家伴以女俱送至僧寺令拜佛然後迎歸合卺焉頗知尊中國文字聞客人有能作詩文者國王多羅致之而供其飲食國有軍旅則取民爲兵一月之内其糗糧皆兵自備越月然後王家頒發四鄰小國多屬焉土産金銀鐵錫魚

翅海參鰒魚瑇瑁白糖落花生檳榔胡椒油蔻砂仁木蘭椰子速香沈香降香伽楠香象牙犀角孔雀翡翠象熊鹿水鹿山馬水鹿形似鹿而無角色青其大者如牛山馬形似鹿而大商賈常取其角假混鹿茸犀角有二種色黑而大者爲鼠角價賤極大者重二三斤小者亦重斤餘其色稍白而旁有一澗直上者爲天曹角其澗直上至頂者亦不貴若頂上二三分無澗而圓滿色潤而微紅者則貴矣椰木如椶直榦無枝其大合抱高者五六丈種七八年然後結子每歲止開花四枝花莖傍

葉而生長數尺花極細碎一枝止結椰子數顆四花分四季采之欲釀酒者則於花莖長盡花未及開時用蕉葉裹其莖勿令花開再以繩密束之砍莖末數寸取瓦罐承之其液滴於罐中每日清晨及午酉亥三時則收其液清晨所收味清酣日出後則微酸俱微有酒味再釀之則成酒矣所砍處稍乾則又削之花莖盡而止椰肉可以榨油殼可爲器衣可爲船纜故番人多種之歲以土物貢中國

宋卡國在暹羅南少東由暹羅陸路十七八日水路東

南行順風五六日可到疆域數百里海國見聞作宋腳緣閩語謂腳爲卡故譌土番名無來由地曠民稀俗不食豬與回回同鬚止留下頷出入懷短刀自衛娶妻無限多寡將婚男必少割其勢女必少割其陰女年十一二即嫁十三四便能生產男多贅於女家俗以生女爲喜以其可以贅壻養老也若男則贅於婦家不獲同居矣其貲財則男女各半凡無來由種類皆然死無棺槨葬椰樹下以溼爲佳不封土不墓祭王傳位必以嫡室子庶子不得立君臣之分甚嚴王雖無道無敢覬覦者

即宗室子弟國人無敢輕慢婦人穿衣褌男子唯穿短褌裸其上有事則用寬幅布數尺纏兩端襲於右肩名沙郎民見王及官長俯而進至前蹲踞合掌于額而言不敢立王坐受之見父兄則蹲踞合掌于額立而言平等相見唯合掌于額餘與暹羅略同山多古木土産孔雀翡翠瑇瑁象牙胡椒檳榔椰子銀鐵沉香降香速香伽楠香海參魚翅貢于暹羅

太呢國在宋卡東南由宋卡陸路五六日水路順風約日餘可到連山相屬疆域亦數百里風俗土産均與宋

卡略同民稀少而性兇暴海艘所船處謂之淡水港其山多金山頂產金處名阿羅帥（阿於何切下同）由淡水港至此須陸行十餘日由咭𠸄丹港口入則三四日可至故中華人到此淘金者船多泊咭𠸄丹港門以其易于往來也國屬暹羅歲貢金三十斤

咭𠸄丹國在太呢東南由太泥沿海順風約日餘可到疆域風俗土產略同太呢亦無來由種類爲暹羅屬國王居在埔頭埔頭者朝市之處而洋船所灣泊也周圍種竻竹爲城加以木板僅一門民居環竹外王及官長

俱席地而坐裸體跣足無異居民出則有勇壯數十擁護而行各持標鎗謂之景子見者咸蹲身合掌王過然後起景子猶華言奴僕也王及酋長富家俱有之政簡易王日坐堂酋長有稱萬者有稱斷者咸入朝環坐議政事有爭訟者不用呈狀但取蠟燭一對俯捧而進王見燭則問何事訟者陳訴王則命景子宣所訟者進質王以片言決其曲直無敢不遵者或是非難辨則令沒水沒水者令兩造出外見道路童子各執一人至水旁延番僧誦咒以一竹竿令兩童各執一端同沒水中番

僧在岸咒之所執童先浮者則爲曲無敢復爭童子父母習慣亦不以爲異也又其甚者則有探油鍋法探油鍋者盛油滿鍋火而熱之番僧在旁誦咒取一鐵塊長數寸寬寸餘厚二三分許置鍋中令兩造探而出之其理直者引手入滾油中取出鐵塊豪無損傷否則手始入油鍋即鼎沸傷人終不能取非自反無愧者始雖強詞鮮不臨鍋而服罪國有此法故訟者無大崛強而君民俱奉佛甚虔也王薨或子繼或弟及雖有遺命然必待天意之所歸而後即安故嗣王雖即位若天心不屬

民不奉命而兄弟叔姪中有爲民所戴者則讓之而退處其下不然雖居尊位而號令亦不行也土番居埔頭者多以捕魚爲生每日上午各操小舟乘南風出港下午則乘北風返棹南風謂之出港風北風謂之入港風日日如此從無變易是殆天所以養斯民也其居山中者或耕種或樵採窮困特甚上無衣下無褌唯剝大樹皮圍其下體亦無屋宇穴居野處或於樹上葢小板屋居之凡上番俱善標鎗標鎗者飛鎗也能殺人於數十步外出入常以自隨乘便輒行劫殺人其山多木易于

避匿故山谷僻處鮮有行人有爭訟而酋長不能斷者常自請于王願互用標鎗死無悔王亦聽之但酌令理直者先標中而死則彼家自以尸歸不中則聽彼反標顧鮮有不中者俗淫亂而禁婦女嫁中華人故閩粵人至此鮮娶者有妻皆暹羅女也犯姦者事發執而囚之度其身家厚薄而罰其金謂之阿公凡犯令者亦然少笞杖之刑其金一日不納則次日倍罰若亢不納則囚禁無釋時亦無敢亢者若本夫覺其姦執殺之亦不禁國有大慶王先示令擇地爲場至期于場中飲酒演戲

國人各以土物貢獻王受其儀于場中賜之飲食四方來觀之華夷雜沓姦賭無禁越月而後散凡進獻及餽貨其儀物皆以銅盤盛之使者戴于首而行飲食不用箸多以右手抓取故重右手而輕左手人若以左手取食物相贈遺則怒以爲大不敬云地多瘴癘中華人至此必入浴溪中以小木桶舀水自頂淋之多至數十桶使頂上熱氣騰出然後止日二三次不浴則疾發居久則可少減然亦必日澡洗即土番亦然或嬰疾察其傷於風熱者多淋水即瘳無庸藥石凡南洋諸國皆然其

地名雙戈及呀喇頂等處皆產金由咭囒丹埔頭入內河南行二日許西有小川通太呢阿羅帥又南行日餘雙戈水會之又南行十餘日則至呀喇頂與邦項讀平聲後山麻姑產金處相連河中巨石叢雜水勢峻厲用小舟逆挽而上行者甚艱中國至此者歲數百閩人多居埔頭粵人多居山頂山頂則淘取金砂埔頭則販賣貨物及種植胡椒凡洋船到各國王家度其船之大小載之輕重而推其稅船大而載重者納洋銀五六百枚小者二三百不等謂之凳頭金客人初到埔頭納洋銀一

枚居者歲又納丁口銀一枚謂之亞些各貨稅餉謂之碼子居咕嘯丹山頂掏金欲回中國者至埔頭必先見王納黄金一兩然後許年老不復能營生者減半若呷吣丹知其貧而爲之請則免呷吣丹者華人頭目也居埔頭者則俱免若洋船有藏匿覺察則船主阿公船主是洋船出資本置買貨物者凡洋船造船出貨者謂之板主看羅盤指示方向者謂之夥長看柁者謂之太工管理銀錢出入者謂之財庫艙口登記收發貨物者謂之清丁而出資賃船置貨貿易則爲船主船中水手悉

聽指麾故有事亦唯船主是問其釀酒販鴉片開賭場者碼子亦特重私家通負酋長嘗置若罔聞而賭賬則追捕最力各國多如此食鴉片煙則咭囒丹爲甚客商鮮不效尤者其土產唯檳榔胡椒爲多亦以三十斤金爲暹羅歲貢

丁咖囉國一名嗟拉岸疑即丁機宜也在咭囒丹東南由咭囒丹沿海約日餘可到疆域風俗與上數國略同而富彊勝之各國王俱喜養象聞山中有野象王家則令人砍大木於十里外周圍柵環之旬日漸移而前如

此者數柵盒狹象不得食俟其羸弱再放馴象與鬬伏則隨馴象出自聽象奴驅遣土產胡椒檳榔椰子沙藤氷片燕窩魚翅海參油魚鮑魚螺頭帶子紫菜孔雀翡翠速香降香伽楠香帶子角帶也形若江瑤柱胡椒最佳甲于諸番歲貢暹羅安南及鎮守噶喇叭之荷蘭

邦項（讀平聲）在丁咖囉南古志多作彭亨以謝清高所述音近邦項故改從此二字其餘亦多類此由丁咖囉陸路約二日可到疆域風俗民情均與上數國同亦產金而麻姑所產爲最土產胡椒冰片沙穀米胡椒藤本初

種時長尺餘年餘長至數尺則卷成圍復取土掩之俟再生然後開花結子十餘年藤漸弱則取其旁舊土或有雜木葉霉敗其中者糞之復茂不可以他物糞至三十餘年則不復結子須擇地另種舊地非百年後不能復種也子熟採而乾之色黑而縐味辛辣而性溫其極熟者則雖乾而圓滿去其皮是爲白椒其性更烈自安南至麻倫呢諸國皆有唯丁咖囉所產爲最冰片木液也周流木內夜則上于樹杪明則下于樹根土番夜聽其樹而知其上下老嫩俟其老時四鼓潛往以刀削其

根數處如中國之取松脂然天明其液流從砍處落地滴滴成片若未老則出水而已沙穀米亦以木液爲之其木大者合抱砍伐破碎舂之成屑則以水洗之去其滓俟其水澄取其下凝者暴乾成粉復以水洒之則累累如顆珠煮食之可以療饑以上數國閩粵人多來往貿易者内港船往各國俱經外羅山南行順風約一日過煙筒大佛山又日餘經龍奈口過崑崙海日餘見崑崙山至此然後分途而行往宋卡暹羅大哖咭嚹丹各國則用庚申針轉而西行矣由邦項東南行約日餘復

轉西入白石口順東南風約日餘則到舊柔佛

舊柔佛在邦項之後陸路約四五日可到疆域亦數百里民情風俗略與上同土番為無來由種類本柔佛舊都後徙去故名舊柔佛嘉慶年間暎咭利於此闢展土地招集各國商民在此貿易耕種而薄其賦稅以其為東西南北海道四達之區也數年以來商賈雲集舟船輻輳樓閣連亘車馬載道遂為勝地矣番人稱其地為息辣閩粵人謂之新州府土產胡椒檳榔膏沙藤紫菜檳榔膏即甘瀝可入藥

麻六呷在舊柔佛西少北東北與邦項後山毗連陸路通行由舊柔佛水路順東南風半日過琴山徑口又日餘到此土番亦無來由種類疆域數百里崇山峻嶺樹木叢雜民情兇惡風俗詭異屬荷蘭管轄初小西洋各國番船往來中國經此必停泊採買貨物本為繁盛之區自暎咭利開新州府而此處浸衰息矣土產錫金冰片沙藤胡椒沙穀米檳榔燕窩犀角水鹿瑇瑁翡翠降速伽楠各香閩粵人至此採錫及貿易者甚眾

沙喇我國在麻六呷西北由麻六呷海道順東南風一

三月經紅毛淺下有浮沙其水不深故曰淺謂之紅毛則不知其何取也此國在紅毛淺東北岸疆域數百里民頗稠密性情兇獷後山與丁咖囉咕囒丹相連山中土番名獠讀力麻切子裸體跣足鳩形鵠面自爲一類亦服國王管轄但與無來由不相爲婚嘗取密蠟沙藤沉香速香降香犀角山馬鹿脯虎皮等物出與國人交易閩粵人亦有到此者其産錫冰片椰子沙藤

新埠海中島嶼也一名布路檳榔又名檳榔士嘆咭利于乾隆年間開闢者在沙喇我西北大海中一山獨峙

周圍約百餘里由紅毛淺順東南風約三日可到西南風亦可行土番甚稀本無來由種類暎咭利招集商賈遂漸富庶衣服飲食房屋俱極華麗出入悉用馬車有暎咭利駐防番二三百又有敘跛兵千餘閩粵到此種胡椒者萬餘人每歲釀酒販鴉片及開賭場者榷稅銀十餘萬兩然地無別產恐難持久也凡無來由所居地有果二種一名流連子形似波羅蜜而多刺肉極香酣一名茫（讀莫浪切）姑生又名茫栗形如柿而有殼味亦清酣

吉德國在新埠西北又名計噠由新埠順東南風日餘

可到後山與宋卡相連疆域風俗亦與宋卡略同土曠民稀米價平減土產錫胡椒椰子閩粤人亦有至此貿易者由此陸路西北行二三日海道日餘到養西嶺讀力養切陸路又行三四日水路約一日到暹羅所轄地自宋卡至此皆無來由種類性多兇暴出入必懷短刀以花鐵爲之長六寸有奇鑲以金海馬牙爲柄其刀末有花紋者持以相鬬刀頭有紋者則佩之以爲吉慶王及酋長皆然海馬出麻沙密紀即鬈毛烏鬼國也形似牛而腳短居水中偶上岸食草或曝於沙墠取之之

法用大木七八尺方之令上窄下寬上輕下重空其中上有蓋爲環鈕於內旁穿四孔遇海馬在沙墠則三四人各挾標鎗二入木中令人蓋之而放于上流木隨流而下海馬見之必趨赴翻弄覺其無物則置之而復息于墠比其木流至墠前木中人急去其蓋各舉鎗標之鎗有倒鈎以繩繫之中則趨上岸將繩縛於木而縱收之俟其力稍乏各加一標死則宰而食之其味甚美牙以鑲刀柄

烏土國在暹羅達牙西北疆域較暹羅更大由達牙陸

路行四五日水路順風約二日到佗歪爲烏土屬邑廣州人有客于此者又北行百餘里到媚麗居又西北行二百餘里到營工又西行二百餘里到備姑俱烏土屬邑王都在盎畫由備姑入内河水行約四十日方至國都有城郭宮室備姑鄉中有孔明城周圍皆女墻參伍錯綜莫知其數相傳爲武侯南征時所築入者往往迷路不知所出云北境與雲南緬甸接壤雲南人多在此貿易衣服飲食大略與暹羅同而樸實仁厚獨有太古風民居多板屋夜不閉戶無盜賊爭鬭國法極寬有過

犯者罰之而已重則圈禁旬日而釋無殺戮撲楚之刑實南洋中樂國也男女俱椎髻婚娶或男至女家或女至男家交拜成親死則聚親友哭之旋葬於山不封不樹土產玉寶石銀燕窩魚翅犀角泥油紫景兒茶寶石藍者爲貴以其難得也泥油出土中可以然燈紫景亦土中所出其色紫土人以代印色自安南至此及南洋諸國沿海俱有鱷魚形如壁虎是食人土番有被鱷吞者延番僧咒之垂鈎于海食人者即吞鈎而出其餘則不可得而鈎也由備姑西北行沿海數千里重山複嶺

并無居人奇禽怪獸出沒號叫崇巖峭壁間多古木奇
花所未經覩舟行約半月方盡亦海外奇觀也
徵第缸在烏土國大山之北數十年來暎咭利新闢土
地未有商賈其風俗土産未詳
明呀喇暎咭利所轄地周圍數千里西南諸番一大都
會也在徵第缸海西岸由徵第缸渡海順東南風約二
日夜可到陸路則初沿海北行至海角轉西又南行然
後可至爲日較遲故來往多由海道其港口名葛支里
港外沿海千餘里海水渾濁淺深叵測外國船至此不

能遽進必先鳴礮使土番聞之請於暎咭利命熟水道者操小舟到船爲之指示然後可土番亦必預度其淺深以泡志之泡者截大木數尺製爲欖形空其中繫之以繩墜之以鐵隨水道曲折浮之水面以爲之志土番謂之泡每一望遠及轉折處則置一泡然外人終不能測是殆天險也港口有礮臺進入內港行二日許到交牙礮臺又三四日到咕哩噶嗟暎咭利官軍鎮明呀喇者治此有小城城內唯住官軍商民環處城外暎咭利官吏及富商家屬俱住漲浪居漲浪居者城外地名也

樓閣連雲園亭綺布用于一國暎咭利居此者萬餘人又有欽跛兵五六萬即明呀哩土番也酋長有三其大者稱唎有士第其次爲呢哩又次爲集景皆命于其王數年則代國有大政大訟大獄必三人會議小事則聽屬吏處分其統屬文武總理糧餉一人謂之辣亦數年而代其出入之儀仗較三酋長特盛前有騎士六人後有四人左右各一人俱穿大紅衣左右二人裝束俱同辣唯辣所穿衣當胸繡八卦文爲異耳凡鞫獄訟上下俱穿黑衣唯三酋長兩肩有白絨緣頭戴白帽用白髮

織成狀如風帽酋長上坐客長十人旁坐客長客商之長也每會鞫必延客長十人旁坐者欲與衆共之也其獄必僉曰是然後定讞有一不合則復鞫雖再三不以爲煩然怙奢尚利賄賂公行徒事文飾無財不可以爲說也其土番有數種一明呀哩一夏哩一吧藍美明呀哩種較多而吧藍美種特富厚明呀哩食牛不食豬夏哩食豬不食牛吧藍美則俱不食富者衣食居處頗似唊咭利以華麗相尚貧者家居俱裸體以數寸寬幅布圍其腰又自臍下絆至臀後以掩下體男女皆然謂之

水幔無來由番亦多如此出門所圍布幅稍寬有吉慶則穿長衣窄袖其長曳地用白布二丈纏其頭以油徧擦其身所居屋盡塗以牛糞俗以螺殼有文彩者爲貨貝交易俱用之娶妻皆童養夫死婦不再嫁鬄髮而居各種不相爲婚男子胷盖小印數處額上刺紋女人皆穿鼻帶環吧藍美死則葬于土餘俱棄諸水有老死者子孫親戚送至水旁聚而哭之各以手撫其屍而反掌自舐之以示親愛徧則棄諸水急趨而歸以先至家者爲吉明呀哩閒有以火化者更有伉儷敦篤者夫死婦

矢殉親戚皆勸阻堅不從則聽之將殉先積柴於野置夫屍于上火之婦則盡戴所有金銀珠寶玩飾繞火行哭親戚亦隨哭極慟見屍將化婦則隨舉諸飾分贈所厚而跳入火衆皆嘖嘖稱羨俟火化而後去每歲三四月則羣聚而賽神于廟門外先豎直木一再取一木度其長之半鑿孔橫穿直木上令活動可轉橫木兩端各以繩繫鐵鉤二有數人赤身以長幅布圍下體手縮一籃籃內裝各種時果立其下衆先取兩人以橫木兩端鐵鉤鉤其背脊兩旁懸諸空中手足散開狀如飛鳥觀

者舉横木推轉之其人則取盤中果分撒于地羣爭拾之果盡復換兩人衆皆歡笑不以爲苦也得果者歸以奉家長及病者以爲天神所賜云自此以西地氣漸寒中華人居此者可穿夾衣自此以東及南洋諸國天氣俱和暖四時俱可穿單衣土産鴉片煙硝牛黄白糖棉花海參瑇瑁訶子檀香鴉片有二種一爲公班皮色黑最上一名叭第咕喇皮色赤稍次之皆中華人所謂烏土也出於明呀喇屬邑地名叭旦拏其出曼噠喇薩者亦有二種一名金花紅爲上一名油紅次之出嗎喇他

及盎叽哩者名鴨屎紅皆中華人所謂紅皮也出孟買及喞肚者則爲白皮近時入中華最多其木似罌粟葉如菘靑子如茄每根僅結子二三顆熟時夜以刀劃其皮分許膏液流出凌晨收之而浸諸水數刻然後取出以物盛之再取其葉曝乾末之雜揉其中視葉末多少以定其成色葉末半則得膏半然後揑爲團以葉裹之子出膏盡則拔其根次年再種邇年以來閩粵亦有傳種者其流毒未知何所底止也

曼噠喇薩在明呀喇西少南由葛支里沿海陸行約二

十餘日水路順東風約五六日俱暎咭利所轄地至此別爲一都會有城郭暎咭利居此者亦有萬人敘跛兵二三萬此地客商多呵哩敝番即來粤東戴三角帽者是也土番名雪琳哩風俗與明呀哩略同土産珊瑚珍珠鑽石銀銅棉花訶子乳香沒藥鴉片魚翅猴棱豸棱豸形如小洋狗又有金邊洋布價極貴一疋有值洋銀八十枚者内山爲嘵包補番嘵包補者猶華言大也本回回種類其閒國名甚多疆域不過數百里所織布極精細大西洋各國番多用之

笨支里在曼噠喇薩西南爲佛郎機所轄地由曼噠喇薩陸行約西五日水行約日餘即到土產海參魚翅訶子棉花猳核豸内山亦屬嘵包補

呢咕叺當國在笨支里西嶺介中疆域甚小土番名耀亞

西嶺在笨支里少北又名咕嚕慕由笨支里水路約六七日陸路約二旬可到爲荷蘭所轄地土番名高車子風俗與明呀嚟略同内山爲乃弩王國土產海參魚翅棉花蘇合油海參生海中石上其下有肉盤盤中生短

帶蔕末即生海參或黑或赤各肖其盤之色豎立海水中隨潮搖動盤邊三面生三鬚各長數尺浮沈水面採者以鉤斷其蔕撈起剖之去其穢煮熟然後以火焙乾各國俱有唯大面洋諸國不產

打冷莽柯國在西嶺西北順東南風約二三日可到疆域甚小民極貧窮然性頗淳良風俗與上略同沿海屬邑有地名咖補者西洋客商皆居此土產海參魚翅龍涎香訶子

亞英咖在咖補西北順風約五六日可到爲嘆咭利所

轄地土番風俗與上略同土產棉花燕窩椰子訶子

固貞在亞英咖西北水路順風約日餘可到爲荷蘭所轄地土番風俗與上略同內山爲晏爹呢咖國實回回種類土產乳香沒藥魚翅棉花椰子蘇合油血竭砂仁訶子大楓子

隔瀝骨底國在固貞北少西水路順風約二日可到陸路亦通風俗與上同土產胡椒棉花椰子俱運至固貞售賣內山仍屬晏爹呢咖

馬英在隔瀝骨底北少西水路順風約二日可到爲佛

郎機所轄地土產風俗與上略同內山亦屬晏爹呢咖
打拉者在馬英西北陸路相去約數十里爲暎咭利所
轄地土番風俗亦與上同土產胡椒海參魚翅淡菜內
山仍屬晏爹呢咖

嗎喇他國在打拉者西疆域自東南至西北長數千里
沿海邊地分爲三國一小西洋一孟婆囉一麻倫呢爲
回回種類凡拜廟廟中不設主像唯于地上作三級取
各花瓣徧撒其上羣向而拜或中間立一木椎每月初
三各于所居門外向月念經合掌跪拜稽首土產棉花

胡椒魚翅鴉片

小西洋在嗎喇他東南沿海邊界由打拉者向北少西行經嗎喇他境約六七日到此為大西洋所轄地疆域約數百里土番名盈丟奉蛇為神所畫蛇有人面九首者婚嫁與明呀哩同死則葬于土每年五月男女俱下河洗浴延番僧坐河邊女人將起必以兩手掬水洗僧足僧則念咒取水灑女面然後穿衣起又有蘇都嚕番寮里多番咕嚕米番三種多孟婆囉國人西洋人取以為兵其風俗與盈丟之略同西洋番居此者有二萬人土

產檀香魚翅珊瑚犀角象牙鮑魚謝清高云昔隨西洋番舶到此時船中有太醫院者聞其妻死特遣土番齎札回大西洋祖家請于國王以半俸給其家養兒女是知此地亦有陸路可通大西洋也

孟婆囉國在小西洋北山中由小西洋水路順風約日餘可至國境王都在山中以竹爲城疆域亦數百里風俗與小西洋同土產檀香犀角

麻倫呢國在孟婆囉北水路順風約日餘可到疆域風俗與孟婆囉同土產海參魚翅鮑魚二國所產貨物多

運至小西洋埔頭售賣

盎叭哩國在麻倫呢北少西水路順風一二日可到疆域風俗與小西洋略同土產洋葱其頭寸餘熟食味極淸甜瑪瑙棉花鴉片內山亦屬嘵包補自曼噠喇薩至唧肚土番多不食豬牛羊犬唯食雞鴨魚蝦男女俱戴耳環

孟買在盎叭哩北少西相去約數十里爲暎咭利所轄地有城郭土番名叭史顏色稍白性極淳良家多饒裕暎咭利鎮此地者有數千人土產瑪瑙大葱棉花阿魏

乳香沒藥魚膏魚翅鴉片番䚷棉花最多亦小西洋一
大市鎮也鄰近嗎喇他盎叭哩嘵包補唧肚諸國多輦
載貨物到此貿易其內山亦屬嘵包補
蘇辣在孟買北水路約三日可到亦嘆咭利所轄土番
名阿里敏土產同上
淡項讀平聲 在蘇辣北水路約日餘可到爲西洋所轄土
產同孟買
唧肚國在淡項北疆域稍大由淡項水路順風約二日
可到風俗民情與盎叭哩諸國略同土產鴉片海參魚

翅俱運往蘇辣孟買販賣自明呀喇至此西洋人謂之
哥什嗒我總稱爲小西洋土人多以白布纏頭所謂白
頭鬼也遇王及官長蹲身合掌上于額俟王及官長過
然後起子見父母亦合掌于額平等相見亦如之其來
中國貿易俱附嘆咭利船本土船從無至中國中國船
亦無至小西洋各國者自此以西海波洶湧一望萬里
舟楫不通淺深莫測沿海諸國不可得而紀矣海國見
聞謂小西洋西南皆烏鬼國延袤萬里直趨西南海中
小西洋與大西洋海道不能直通實爲烏鬼國所阻與

謝清高所述亙異余止錄所聞于謝清高者以俟博雅之考核不敢妄爲附會也其唧肚內山則爲金眼回回國聞其疆域極大不與諸國相往來故其風俗土產亦不可得而紀也

柔佛國在舊柔佛對海海中別一島嶼也舊柔佛番徙居於此周圍數百里由白石口南行約半日即到土番爲無來由種類性情兇暴以刦掠爲生土產檳榔膏沙藤椰子冰片

靁哩國在柔佛西南海中別峙一大山不與柔佛相連

由柔佛渡海而南行約日餘可到疆域約數百里風俗土產與柔佛同土番較強盛潮州人多貿易于此海東北爲琴山徑

錫哩國在霤哩西北疆域風俗與霤哩同由霤哩買小舟沿海行約四日可到海東北爲麻六甲由此又西北行約二日仍經紅毛淺土產魚脯冰片椰子胡椒

大亞齊國在錫哩西北疆域稍大由紅毛淺外海西北行日餘即到由國都向西北陸行五六日水路順風一二日則至山盡處俱屬大亞齊風俗與無來由各國同

海東北岸爲沙喇我國山盡處則與新埠斜對土產金冰片沙藤椰子香木海菜

呢咕吧拉西南海中孤島也由亞齊山盡處北行少西順風約十一二日可到土番俱野人性情淳良日食椰子熟魚不食五穀閩人居吉德者常偕吉德土番到此採海參及龍涎香其海道亦向西北行約旬日可到由此又北行約半日許有牛頭馬面山其人多人身馬面是食人海艘經過俱不敢近望之但見雲氣屯積天日晴朗遥見山頂似有火燄焉又北行旬日即到明呀喇

海口若向北少西行順風六七日可到曼嗟喇薩

小亞齊國一名孫支在大亞齊西由大亞齊西北行經山盡處轉東南行約日餘可到疆域亦數百里風俗與大亞齊同土產金沙藤胡椒椰子冰片

蘇蘇國在小亞齊南水路順風約二日卽到疆域風俗土產與小亞齊同

叭當國在蘇蘇東南水路順風亦二日可到疆域風俗土產均與土略同海西別有一島爲呢是國

呢是國又名哇德在蘇蘇叭當二國之西海中獨峙一

山民似中國而小常相擄掠販賣出入必持標鎗懼礮火不食五穀唯以沙穀米合香蕉煎食年老者子孫則抱置樹杪環其下而搖之俟跌死而後已其滅絕倫理至於此極豈其性然耶亦未沐聖人之化無以復其初也自此以西海中多大石風濤險阻難以通行故大西洋海舶往小西洋各國貿易必由叭當之西呢是之東茫讀莫浪切咕嚕在叭當東水路順風約五六日可到陸路亦通但山僻多盜賊故鮮有行者沿海都邑近爲暎咭利所奪國王移居山內然暎咭利居此者不過數十人矣

敘跛兵數百而已土產海參丁香豆蔻胡椒椰子檳榔
舊港國即三佛齊也在茫咕嚕東疆域稍大由茫咕嚕
東南行約三四日轉北入噶喇叭峽口順風行半日方
出峽峽東西皆舊港國疆土峽西大山名網甲別峙海
中山麓有文都上盧寮下盧寮新港等處山南復有二
小島一名空殼檳榔一名朱麻哩皆產錫閩粵人到此
採錫者甚眾文都有唊咭利鎮守而榷錫稅凡採錫者
俱向借資斧得錫則償之每百觔止給洋銀八枚無敢
私賣國王所都在峽西由文都對海入小港西行四五

日方至亦有荷蘭鎮守兩岸居民俱臨水起居頗稱富庶國王殿廷爲三級每日聽政王坐於上次列各酋長庶民爭訟者俱俯伏於下體制嚴肅而民性兇惡多爲盜賊不知尊中國而畏荷蘭暎咭唎如虎凡有誅求無敢違抗者無來由番皆然不獨此國也土産金錫沙藤速香降香胡椒椰子檳榔冰片水鹿

龍牙國在舊港北由峽口水路到此順風約一日由此北行日餘則爲柔佛西北行日餘則至雷哩此山多木大者數十圍中華洋船至此多換桅柁凡雷哩錫哩大

小亞齊蘇蘇叭當茫咕噜舊港龍牙九國實同此一山皆無來由種類唯大亞齊蘇蘇民稍淳良餘俱兇惡以盜劫爲生涯凡無來由各國俱產黑燕窩速香降香雞骨香檳榔椰子海菜

噶喇叭在南海中爲荷蘭所轄地海船由廣東往者走內溝則出萬山後向西南行經瓊州安南至崑崙又南行約三四日到地盆山萬里長沙在其東走外溝則由萬山後向南行少西約四五日過紅毛淺有沙坦在水中約寬百餘里其極淺處止深四丈五尺過淺又行三

四日到草鞋石又四五日到地盆山與内溝道合萬里長沙在其西溝之内外以沙分也萬里長沙者海中浮沙也長數千里爲安南外屏沙頭在陵水境沙尾即草鞋石船誤入其中必爲沙所湧不能復行多破壞者遇此須取木板浮于沙面人臥其上數日内若有海船經過放三板拯救可望生還三板海船上小舟也舟輕而浮故沙上可以往來若直立而待數刻即爲沙掩沒矣七洲洋正南則爲千里石塘萬石林立洪濤怒激船若誤經立見破碎故内溝外溝亦必沿西南從無向正南

行者由地盆山又南行約一日到網甲經噶喇叭峽出峽口又南行過三洲洋約三日到頭次山即噶喇叭邊境也上有中華人所祀土地祠又行二十餘里到海次山有數島一以居中華之爲木工者一爲瘋疾所居一爲罪人絞死之所俗呼爲弔人山其餘皆以囤積貨物凡木工多用風鋸其製先爲一板屋令四柱皆活可隨意遷轉取大木一長於板屋數尺圓以爲軸橫穿左右兩壁鐵環之以軸納其中兩端出於壁外以一端爲輪輪十六輻分兩層環植於軸內層與外層各八相間尺

餘其長數尺編竹篾以爲帆帆有八斜張於内外幫上以乘風兩幅則張一帆其長視幅寬則較内外幅之縱而定其尺寸上復冪以布帆帆乘風而輪轉則軸隨之而轉布帆則視風之疾徐以爲舒卷疾則卷徐則張屋内軸上環以數鐵鋸架木于鋸端以石厭之鋸隨軸轉則木自裂矣所以活屋之四柱而任意遷徙者欲以乘八風也過海次山則至噶喇叭山山縱横千里有城郭磯臺南海中一大都會也本荷蘭所轄地後暎咭利師侵而奪之荷蘭行成仍命管理而歲收其貢稅焉荷蘭

番鎮守此地者三四千人又有烏番兵數千凡荷囒分守南洋及小西洋各國者俱聽噶喇吧差官調遣土番亦無來由種類俗尚奢靡宮室衣服器用俱極華麗出入皆用馬車與明呀喇布路檳榔息辣各處相同而噶喇吧爲尤盛中國無來由大西洋小西洋各國莫不罄珍寶貨物商販于此中華人在此貿易者不下數萬人有傳至十餘世者然各類自爲風氣不相混也民情兇暴用法嚴峻中華人有毆荷囒番者法斬手戲其婦女者法絞烏番兵俱奉天主教死則葬於廟荷囒番死則

葬於墳園土番風俗與大泥咭蘭丹各國同土產落花生白糖丁香咖嗹子燕窩帶子冰片麝香沈香

萬丹國在噶喇叭南疆域甚小與噶喇叭同一海島由噶喇叭陸路南行三四日可到亦無來由種類風俗與噶喇叭同土產珍珠佳紋席極佳國南臨大海海中有山層巒疊巘翠兀崚嶒時有火燄引風飄忽入夏尤盛俗呼為火燄山蓋南方秉離火之精是山又居其極故火氣蒸鬱乘時發露焉西洋番云其國常有船至此者船中人上山探望攀危躡險遙見山番穴處而食生魚

覺人窺伺噪而相逐羣趨而逃後者輒爲所殺爭生食
之比回船僅存十六人急掛帆而遁自此無敢復至者
尖筆闌山在地盆山東少南南海中小島也周圍百里
有土番數百人亦無來由種類尖筆闌者華言九也山
有九峯故土番呼爲尖筆闌由地盆山東行約一日可
到山西北即千里石塘土產檳榔椰子冰片
咕嗟國疑即古志所稱瓜哇也在尖筆闌山東南海中
別起一大山迤邐東南長數千里十數國環據之或謂
之息力大山此其西北一國也由尖筆闌東南行順風

約二三日可到王居埔頭有荷蘭番鎮守由埔頭買小舟沿西北海順風約一日到山狗王地名為粵人貿易耕種之所由此登陸東南行一日到三劃又名打喇鹿其山多金內山有名喇喇者有名息邦者又有烏落及新泥黎各名皆產金而息邦金為佳皆咕嗟所轄地

吧薩國一名南吧哇在咕嗟東南沿海順風約日餘可到地不產金中華人居此者唯以耕種為生所轄地有名松柏港者產沙藤極佳亦有荷蘭鎮守

崑甸國在吧薩東南沿海順風約日餘可到海口有荷

囒番鎮守洋船俱灣泊於此由此買小舟入內港行五
里許分爲南北二河國王都其中由北河東北行約一
日至萬喇港口萬喇水自東南來會之又行一日至東
萬力其東北數十里爲沙喇蠻皆華人淘金之所乾隆
中有粵人羅方伯者貿易于此其人豪俠善技擊頗得
衆心是時嘗有土番竊發商賈不安其生方伯屢率衆
平之又鱷魚暴虐爲害居民王不能制方伯爲壇於海
旁陳列犧牲取韓昌黎祭文宣讀而焚之鱷魚遁去華
夷敬畏尊爲客長死而祀之至今血食不衰云

萬喇國在崑甸東山中由崑甸北河入萬喇港口舟行八九日可至山多鑽石亦有荷蘭番鎮守

戴燕國在崑甸東南由崑甸南河向東南遡洄而上約七八日至雙文肚卽戴燕所轄地又行數日至國都乾隆末國王暴亂粵人吳元盛因民之不悅刺而殺之國人奉以爲主華夷皆取決焉元盛死子幼妻襲其位至今猶存

卸敖國在戴燕東南由戴燕內河逆流而上約七八日可至

新當國在卸敖東南由卸敖至此亦由內河行約五六日程聞由此再上將至息力山頂有野人皆鳥首人身云自戴燕至山頂皆產金山愈高金亦愈佳特道遠至彼者鮮故其金歲不多得自咕嗟至萬喇連山相屬陸路通行閩粵到此淘金沙鑽石及貿易耕種者常有數萬人戴燕卸敖新當各國亦有數百人皆任意往來不分疆域唯視本年所居何處則將應納丁口稅餉交該處客長轉輸荷蘭而已其洋船發頭金亦荷蘭征收本國王祇聽荷蘭給發不敢私征客商也華人居此多娶

妻生育傳至數世者其婦女淫亂不知廉恥唯衣服飲食稍學中國云土番皆無來由種類以十二月爲一歲不計閏每歲將終國中無貴賤老幼皆禁煙一月日中唯閉戶安寢夜靜始舉火具食念經徹旦其聲極哀平時則七日一禮拜國王亦然別築禮拜亭至期王及酋長有職事者咸集其中王坐于上羣酋列坐其下念經終日而後散民居多板屋三層約束女子甚嚴七八歲即藏之高閣令學針黹十三四歲則贅壻然必男女自相擇配非其所願父母不能強也合婚之夜即以所居

正室爲新郎臥房女父母兄弟俱寢于前室女若不貞
堦嘗立行刺殺或并殺其父母兄弟而去無敢相仇者
夫婦居室無被褥唯以寬幅布長丈餘或用絲綢縫兩
端同寢其中作合歡睡終其身無相背而寢者其女亦
無嫁中華人者以不食豬肉恐亂其教也其男子若出
海貿易必盡載資財而行妻妾子女在家止少留糧食
而已船回則使人告知其家必其妻親到船接引然後
回否則以爲妻妾棄之即復張帆而去終身不歸矣所
穿沙郎水幔貧者以布富者則用中國絲綢織爲文彩

以精細單薄爲貴王女不下嫁臣庶唯兄弟相爲婚王自稱曰亞孤國人稱王曰斷孤稱王兄弟叔姪亦曰斷孤但連其名而稱之子稱父曰伯伯稱母曰妮讀泥馬切弟稱兄曰亞王兄稱弟曰亞勒謂婦人曰補藍攀謂女子曰吧喇攀謂夫曰瀝居謂婦曰米你自稱其子曰亞匿瀝居稱其女已嫁者曰亞匿補藍攀在室者曰亞匿吧喇攀稱姪及孫俱曰就將稱姊如兄曰亞王而加補藍攀吧喇攀以別出嫁在室者稱妹曰亞勒亦如弟其出嫁在室亦加補藍攀吧喇攀以別之謂汝曰魯自稱曰

哇頭謂之呷哈喇手謂之打岸足謂之卡居眼謂之麻打耳謂之鼓平鼻謂之氣龍口謂之靡律凡偁一爲沙都二爲路哇三爲低隔四爲菴叭五爲黎歷六爲安讀阿歡喃切七爲都州八爲烏拉班九爲尖筆蘭十爲十蒲盧百爲沙喇殺都律切千爲沙哩無萬爲沙瀝沙凡食謂之馬干飯謂之挐敘酒謂之阿瀝菜謂之灑油米謂之勿辣穀謂之把哩豆謂之咖將銀謂之㧹讀比耶切瀝金謂之亞末銅謂之打幔呀鐵謂之勿西錫謂之帝嗎錢謂之卑筆中國所用番銀則謂之連無來由各國大略相同

也其民尙利好殺雖國王亦嘗南塘一出王薨則以布束其屍棺擇地爲園陵以得水爲吉不封不樹山中獠子極盛唯各據一方不敢逾越稍有遷徙輒相殘滅故雖強盛而見無來由荷囒及中華人皆畏懼不敢與爭恐大兵一動無所逃遁也中華人初到彼所娶妻妾皆獠子女其後生齒日繁始自相婚配鮮有以獠女爲妻者矣獠性尤兇暴喜殺得人首級則歸懸諸門以多者爲能云各國俱產冰片燕窩沙藤香木胡椒椰子藤席

馬神在崑甸南少東由崑甸沿海順風東南行約一日

經戴燕國境又行二三日到此彊域風俗與上略同土產鑽石金藤席香木豆蔻冰片海參佳紋席猩猩藤席極佳鑽石即金剛沙產此山者色多白産亞咩哩隔者色具五采大者雖黑夜置之密室光能透徹諸番皆寶之一顆有值白金十餘萬兩者西洋人得極大者奉爲至寶雖竭資購之不惜也小者則以爲鑽用治玉石玻璃堅無不破獨畏羚羊角云山中有異獸不知其名狀似猴見人則自掩其面或以沙土自壅

蔣哩悶讀去聲在馬神東南沿海順風約二日可到彊域

稍狹風俗土產與鄰國同

三巴郎國在蔣哩悶南少東海道順風約二三日可到疆域頗大閩粵人至此者亦多土產沈香海參沙藤燕窩蜜蠟冰片菸以上三國皆無來由種類爲荷蘭所轄即在噶喇叭東北

麻黎國在三巴郎東南疆域同三巴郎沿海順風約四五日可到土番名耀亞人多貧窮而甚勤儉風俗淳厚與于無來由男女俱穿彩衣無鈕以繩束之下體不穿褲圍以長幅布男戴帽平頂女人髻盤于左喜花常採

各花以線穿之掛於頸如掛珠狀死則葬于土無棺槨每歲迎神賽會舉國若狂剪紙爲儀仗送至水邊盡棄之急遡而散不知其何爲也娶妻亦童養夫死不再嫁年輕者居夫喪亦穿吉服至二十五歲然後髻髮而居二十五歲而後寡者當時即髻髮既髻髮出必以布蒙其頭衣不加彩有犯姦者事覺則衆人帶至廟中戒飭之以水灑其面謂之洗罪與明呀哩俗略同國王名耀亞王治山中土產珍珠海參燕窩魚翅沙藤胡椒沈香冰片

茫讀莫浪切咖薩在麻黎東南沿海約四五日可到亦耀亞種類疆域風俗土產均與麻黎略同二國俱用中國錢歷代制錢俱有存者

細利窪在茫咖薩東南由海道行約二三日可到沿海土番為無來由種類內山土番為耀亞種類耀亞王所居山名伯數奇風俗各從其類皆歸荷蘭管轄三國亦與噶喇叭鄰近其貨物多歸噶喇叭售賣自咕噠至此同據息力大山西南半面而各分港門其港口皆西向

由此東南行海中多亂山周圍或數百里或數十里各

有山番占據多無來由耀亞二種别有一種名舞吉子富者攜眷經商所至即安無故土之思亦無一定之寓貧者則多為盜劫其國名未能悉數也

唵悶國即細利窪東南海中亂山之一也萬丹南火燄山在國之西北亦無來由種類而性稍善良土產丁香豆蔻有荷蘭番鎮守

唵門國亦亂山之一風俗土名與唵悶同原歸荷蘭管轄近為暎咭唎所奪

地問在唵門東南海中别起一大島周圍數千里島之

西南爲地問歸西洋管轄島之東北爲故邦歸荷蘭管轄山中別分六國不知其名天氣炎熱男女俱裸體閩水幔而風俗淳厚不種稻粱多食包粟閩粤人亦有於此貿易者土產檀香蠟蜂蜜貨物亦運往噶喇吧售賣

文來國在細利窪西北由細利窪東南入小港向西北行順風約五六日可至由地問北行順風七八日可至幅幀甚長中多亂山絶無居人奇禽野獸莫能名狀土番亦無來由種類喜穿中國布帛土產燕窩冰片沙藤胡椒

蘇祿國在文來北少西舟由文來小港順東南風約七八日可至風俗土產與文來同貨物多運往崑甸馬神售賣二國同據息力大山東北半面山中絶巘崇巖荆榛充塞重以野番占據不容假道故與西南諸國陸路不通船由廣東往者出萬山後向東南行經東沙過小呂宋又南行即至蘇祿海口由咕噠往則須向東南行至細利窪入小港轉西北沿山行經文來然後可至其國西北大海多亂石洪濤澎湃故雖與咕噠比鄰舟楫亦不通也

小呂宋本名蠻哩喇在蘇祿尖筆闌之北亦海中大島也周圍數千里為呂宋所轄故名小呂宋地宜五穀土番為英西鬼與西洋同俗性情強悍樂于戰鬬呂宋在此鎮守者有萬餘人中華亦多貿易于此者但各寓一方不能逾境欲通往來必請路票歲輸丁口銀甚重土產金烏木蘇木海參所屬地有名伊祿咕者小呂宋大市鎮也米穀尤富其東北海中別峙一山名耶黎亦屬呂宋其人形似中國其地產海參千里石塘是在國西船由呂宋北行四五日可至臺灣入中國境若西北

行五六日經東沙又日餘見擔干山又數十里即入萬山到廣州矣東沙者海中浮沙也在萬山東故呼爲東沙往呂宋蘇祿者所必經其沙有二一東一西中有小港可以通行西沙稍高然浮于水面者亦僅有丈許故海船至此遇風雨往往迷離至于破壞也凡往潮閩江浙天津各船亦往往被風至此泊入港内可以避風掘井西沙亦可得水沙之正南是爲石塘避風于此者慎不可妄動也以上屬南海以下屬北海

妙哩士西南海中島嶼也周圍數百里爲佛郎機所轄

凡大西洋各國船回祖家必南行經嘴喇叭至地問然後轉西少北行約一月可到此山無土人其所居皆佛郎機及所用烏鬼奴土產烏木由此向北少西行約半月有奇謂之過峽一路風日晦暝波濤洶怒寒雪飄零六月不息舟人戰慄咸有戒心其天氣與妙哩士迥別過峽後至一島謂之峽山爲荷囒所轄天復炎熱但海闊風狂波浪騰湧舟行經此遇風過猛必須稍待風和而行山亦無土人唯荷囒及鬼奴居之土產梨牛黃有大鳥莫知其名其卵大數寸由此更北行少西順風約

七八日復至一島名散爹哩周圍約百里爲暎咭利來往泊船取水之地無土産有暎咭利兵在此鎮守

大西洋國又名布路叽士氣候嚴寒甚於閩粤由散爹哩正北行約二旬可到國境其海口南向有二礮臺謂之交牙礮臺儲大銅礮四五百架有兵二千守之凡有海艘回國及各國船到本國必先遣人查看有無出痘瘡者若有則不許入口須待痘瘡平愈方得進港内有市鎮七處如中國七府由交牙礮臺進港行數十里到顛濟窩亞此一大市鎮也國王建都于此有礮臺無城

郛又由此進則爲金吧喇亦一市鎮凡入中華爲欽天監及至澳門作大和尚者多此土人又進爲嵩噠又進爲細丟其餘爲未嚼爲阿喇咖爲渣彼皆大市鎮也人烟稠密舟車輻輳各有重兵鎮守土番色白好潔居必樓屋器用俱極精巧色尚白凡墻屋皆以灰塗飾稍舊則復塗之女人亦以色白者爲貴稱王曰哩王太子曰黎番爹王子曰哋林西彼王女曰哋林梭使相國爲于爹將軍爲嗎喇叽乍文官有五等一善施哩二明你是路三信伊于第四東噶哩爹五秦嗎哩噶哆武官有九

等一果囉你呢二爹領第果囉你呢三薩喇生第摹喇四鑾喲五呷咇丹六爹領第七阿哩梭哀八噶爹九波噠鑾哩水師官亦有五等一色晦哀二呷咇丹嗎喇惹喇三呷咇丹爹領第噠主四呷咇丹爹領第五爹領第嗎喇其鎮守所屬外洋埔頭各官卽取移居彼處之富戶爲之亦分四等一威伊哆掌理民間雜事一油衣使掌理鬬爭一爹佐哩路掌理糧稅一油衣使亞哩乃掌理出入船艘本國每歲別差一文一武到彼管轄疆域大者或差三四人每有大事則六人合議若所差官未

構眷屬則必俟威伊多等四人熟議與彼處民情土風相宜然後施行差官不得自專若均有室家則聽差官主謀土官多不與爭謂其患難相共也男子上衣短衣下穿褲皆極窄僅可束身有事則加一衣前短後長若蟬翅然官長兩肩別鑲一物如壺蘆形金者爲貴銀次之帽圓旁直而上平周圍有邊女人上衣亦短窄下不穿褲以帬圍之多至八九重貧者以布富者以絲俱以輕薄爲上年輕則露胸老者掩之出必以寬幅長巾掛其首垂至兩膝富者更以黑紗掩其面紗極細緻遠望

之如雲烟其價有值二十金者手中多弄串珠富者則以珍珠或鑽石爲之男女俱穿皮鞋自國王至於庶民無二妻者妻死然後可再娶夫死亦可再嫁生女欲擇壻男家必先計其粧奩滿其所欲而後許之父母但以女不得嫁爲恥雖竭家資不惜也而男之有婦與否則不復計婚禮不禁同姓唯親兄弟不得爲婚寡婦再醮者雖叔姪亦相匹凡至親爲婚者必詣教主求婚教主許然後婚教主者廟中大和尚也俗奉天主教所在多立廟宇每七日婦女俱到廟禮拜凡娶妻男女俱至廟

聽大和尚說法然後同歸入贅者則歸女家男女將議婚父母媒妁必先告教主教主則出示通諭俾衆共知男女先有私約許以情告若有告者即令從其私約雖父母莫能爭也婦女有犯姦淫及他罪而欲改過者則進廟請僧懺悔僧坐于小龕中旁開一窗婦女跪于窗下向僧耳語訴其情實僧爲說法謂之解罪僧若以其事告人衆知之則以僧爲非其罪絞凡男女有犯法恐家主罪之者至廟中求僧僧若許爲解釋以書告其家主家主雖怒不敢復罪也人死俱葬于廟中有後來者

則擇其先葬者掘取其骸棄諸廟隅而令後至者葬其處生死皆告于廟僧爲記其世系然其家三代以後亦不復知其祖矣國王立不改元以奉天主教紀其年每年以冬至後七日爲歲始合計一歲而分十二月不論月之合朔與否故月有三十一日者以月借日而光爲不足法也冬至後五十餘日國中男女俱不肉食謂之食齋至四十九日而後止將止三日婦女徧拜各廟謂之尋祖先三日後則廟僧將所藏木雕教主像置之廟堂或置道路隅先見者則徧告以爲尋獲次日番僧及軍

民等送置别廟藏之大和尚出迎穿大衣長至地衣四角使四僧牽之爲布幕其長丈許寬五六尺用四竿擎其四角擇宫户四人人執一竿大和尚在幕下手執圓鏡中有十字形儀仗軍士擁之而行見者咸跪道旁俟和尚過而後起其女人亦有出家爲尼者别爲一廟居之而扃閉其門户衣服飲食俱自賫進終其身不復出有女爲尼則其家俱食禄于王父母有罪尼爲書請乞輕重咸赦除之凡軍民見王及官長門外去帽入門趨而進手撫其足而嗅之然後垂手屈身拖腿向後退數

步立而言不跪子見父久別者亦門外去其帽趨進抱父腰父以兩手拍其背嘴相親數四子乃屈身拖腿退數步立而言未冠則不抱腰但趨進執父手嘬之餘儀同見母則母抱子腰亦親嘴數四子乃垂手向後屈身拖腿如前時見但垂手向後屈身拖腿如前子幼早晚見父母俱執手嘬之餘如前見祖父如見父見祖母如見母兄弟及親戚相好者久別相見則相抱然後垂手屈身見長輩如見父儀而不相親嘴長輩而年相若者亦相抱唯卑者微戀其足女見父母及祖父母幼則如

男長則趨進執其手嗅之退後兩手攝其帬稍屈足數四見舅姑亦如之親戚男女相見男則垂手屈身拖腿女則兩手攝其帬屈足數四然後坐女相見則相向立各攝其帬屈足左右團轉然後坐朋友親戚路遇則各去其帽出外攜眷回家有親戚訪問者女人必出陪坐語女人出外遊觀則丈夫或家長親戚攜手同行亦有一男攜二女而行者此其大略也俗貴富而賤貧其家富豪貧者雖兄弟叔姪皆不敢入其室不敢與同食云

土產金銀銅鐵白鐵珊瑚硇砂鼻煙柴魚蒲桃酒番鹼

哆囉絨羽紗嗶叽鐘表民多種麥無稻耕犂俱用馬
大吕宋國又名意細班惹呢在西洋北少西由大西洋
西北行約八九日可到海戶向西疆域較西洋稍寬民
情兇惡亦奉天主教風俗與西洋略同土産金銀銅鐵
哆囉絨羽紗嗶叽蒲桃酒琉璃番鹼鐘表凡中國所用
番銀俱吕宋所鑄各國皆用之
佛朗機國又名佛𠳐西在吕宋北少西疆域較吕宋尤
大沿海舟行四十餘日方盡由吕宋陸行約二十日可
到民情淳厚心計奇巧所製鐘表甲于諸國酒亦極佳

風俗土産與西洋略同亦奉天主教所用銀錢或三角或四方中俱有十字文

荷蘭國在佛朗機西北疆域人物衣服俱與西洋同唯富家將死所有家産欲給誰何必先呈明官長死後卽依所呈分授雖給親戚朋友亦聽若不預呈則籍沒雖子孫不得守也原奉天主教後因寺僧滋事遂背之然仍立廟宇亦七日則禮拜死則葬于墳園國王已絕嗣羣臣奉王女爲主世以所生女繼今又絕國中不復立王唯以四大臣辦理國政有死者則除其次如中國循

資格以次遷轉不世襲所屬各鎮雖在數萬里之外悉遵號令無敢違背豈其公忠之氣足以震懾與抑其法度有獨詳明者與亦以天主教紀年國中所用銀錢爲人形騎馬舉劍謂之劍錢亦有用紙鈔者土產金銀銅鐵琉璃哆囉絨羽紗嗶吱番覘酒鐘表羽紗琉璃甲于諸國

伊宜國在荷囒北疆域較西洋稍狹由荷囒向北行約七八日可到風俗土產與西洋同

盈囒你是國在伊宜西北疆域風俗土產與伊宜同由

伊宣沿海向北少西行約旬餘可到

亞哩披華國在盈嘛你是東其南與佛郎機毗連由盈嘛你是向東少北行約數日可到人頗豪富男子所穿衣較西洋稍長女人以巾裹頭連下頷包之頭戴一圈平頂插以花其額圍以珠翠亦稍異西洋云

淫跛辇國在亞哩披華東北風俗疆域土產略同其伊宣盈嘛你是亞哩披華淫跛辇各國交界處有地名耶嗎𡵓建一廟朝禮拜者日無隙晷是西洋呂宋佛朗機伊宣淫跛辇雙鷹單鷹七國所共奉祀盈嘛你是亞哩披

華二國則不拜

祋（都律切）古國在西洋呂宋佛朗機之後港口在伊宣各國之北疆域極大本回回種類人民強盛穿大袖衣裹頭服皮服不與諸國相往來西洋人謂之仍跛喇多者猶華人言大國也唯稱中華及祋古為然

雙鷹國又名一打輦在祋古港口之西北疆域與西洋同與單鷹國為兄弟患難相周恤亦奉天主教風俗大略亦與西洋同番舶來廣東有白旗上畫一鳥雙頭者即此國也

單鷹國又名帶輂在雙鷹西北疆域風俗略同番舶來廣東用白旗畫一鷹者是
埔魯寫國又名嗎西噶比在單鷹之北疆域稍大風俗與回回同自亞哩披華至此天氣益寒男女俱穿皮服彷彿與中國所披雪衣夜則以當被自此以北則不知其所極矣
暎咭利國即紅毛番在佛朗機西南對海由散爹哩向北少西行經西洋呂宋佛朗機各境約二月方到海中獨峙周圍數千里人民稀少而多豪富房屋皆重樓疊

閭急功尚利以海舶商賈爲生涯海中有利之區咸欲爭之貿易者徧海內以明呀喇曼噠喇薩孟買爲外府民十五以上則供役于王六十以上始止又養外國人以爲卒伍故國雖小而強兵十餘萬海外諸國多懼之海口埔頭名懶倫由口入舟行百餘里地名論倫國中一大市鎮也樓閣連綿林木葱鬱居人富庶匹于國都有大吏鎮之水極清甘河有三橋謂之三花橋橋各爲法輪激水上行以大錫管接注通流藏于街巷道路之旁人家用水俱無煩挑運各以小銅管接于道旁錫管

藏于墻閒別用小法輪激之使注於器王則計戶口而收其水稅三橋分主三方每日轉運一方令人徧巡其方居民命各取水人家則各轉其銅管小法輪水至自注於器足三日用則塞其管一方徧則止其輪水立涸次日別轉一方三日而徧週而復始其禁令甚嚴無敢盜取者亦海外奇觀也國多娼妓雖姦生子必長育之無敢殘害男女俱穿白衣凶服則用黑武官俱穿紅女人所穿衣其長曳地上窄下寬腰閒以帶緊束之欲其纖也帶頭以金爲扣名博咕魯士兩肩以絲帶絡成花

㨾縫於衣上有吉慶延客飲燕則令女人年輕而美麗者盛服跳舞歌樂以和之宛轉輕捷謂之跳戲富貴家女人無不幼而習之以俗之所喜也軍法亦以五人為伍伍各有長二十人則為一隊號令嚴肅無敢退縮然唯以連環鎗為主無他技能也其海艘出海貿易遇覆舟必放三板拯救得人則供其飲食資以盤費俾得各返其國否則有罰此其善政也其餘風俗大略與西洋同土產金銀銅錫鉛鐵白鐵藤哆囉絨嗶吱羽紗鐘表玻璃呀蘭米酒而無虎豹麋鹿

綏亦咕國在暎咭利西少北疆域與西洋畧同風俗土產如暎咭利而民情較淳厚船由荷囒往約旬餘由暎咭利約六七日可到來廣貿易其船用藍旗畫白十字

盈黎嗎祿咖國在綏亦咕西北與綏亦咕同一海島陸路相通而疆域較大人稍粗壯風俗土產同卽來廣州黃旗船是也

咩哩干國在暎咭利西由散爹哩西少北行約二月由暎咭利西行約旬日可到亦海中孤島也疆域稍狹原爲暎咭利所分封今自爲一國風俗與暎咭利同卽來

廣東之花旗也土產金銀銅鐵鉛錫白鐵玻璃沙藤洋
參鼻煙呀囒米洋酒哆囉絨羽紗嗶嘰其國出入多用
火船船內外俱用輪軸中置火盆火盛沖輪輪轉撥水
無煩人力而船行自駛其製巧妙莫可得窺小西洋諸
國亦多效之矣自大西洋至咩哩干統謂之大西洋多
尚奇技淫巧以海舶貿易為生自王至于庶人無二妻
者山多奇禽怪獸莫知其名而無虎豹麋鹿凡船來中
國皆南行過峽轉東南經地問噶喇叭置買雜貨北入
噶喇叭峽過茶盤即地盆經紅毛淺而來若不泊噶喇

叭則由地問北經馬神崑甸西至茶盤北經紅毛淺而來九月以後北風急則由地問借風向交來蘇祿小呂宋東沙而來其往小西洋貿易者則由噶喇叭西北行經蘇庶之西呢是之東又西北經呢咕吧拉而往由小西洋復來中國則東南行經亞齊東北麻六呷西南八白石口轉茶盤而來遇北風則由白石口東南行至細利窪八小港經蘇祿小呂宋東沙而來內港船來往則必乘南北風其蘇祿呂宋一道從未有能借風而行者此其大略也

亞咩哩隔國在峽山正西由峽山西行約一月可到土番爲順毛烏鬼性情淳良疆域極大分國數十各有土王不相統屬總名亞咩哩隔天氣炎熱與南洋諸國同中有一山名沿你路周圍較西洋國爲大近年西洋王移都于此舊都命太子監守由沿你路西行十餘日至名埋衣哪亦爲西洋所轄又西行十餘日至彼咕嗹哩則爲嘆咭利所轄其餘各國亦多爲荷蘭呂宋佛郎機所侵占至此者脚多生蟲其形如蝨須長洗浴挑剔始已土產五穀鑽石金銅蔗白糖又有一木可爲粉土番

多食之由此東北行亦通花旗各國

鬈毛烏鬼國在妙哩士正西由妙哩士西行約一月可至疆域不知所極大小百有餘國民人蠢愚色黑如漆髮皆鬈生其麻沙密紀國生哪國咖補唔輦國皆爲西洋所奪又嘗掠其民販賣各國爲奴婢其土產五穀象牙犀角海馬牙橙西瓜

哇夫島　哇希島　匪支島　唵你島　于你島　蔦格是　哪韋吧　亞哆歪以上八島俱在東海由地問正東行約二月可到每島周圍十餘里各有土番數百

其地多猪西洋船經此取鐵釘四枚即换猪一頭可三十觔人性渾厖地氣炎熱土番不穿布帛唯取鳥衣或木皮圍下體能終日在水中有娼妓見海舶來俱赤身落水取大木一段承其頷浮游水面海舶人招呼之即至聽其調謔與之鐵釘二枚則喜躍而去不知其何所用也有花旗番寓居亞哆歪採買貨物土產珍珠海參檀香薯芋無五穀牛馬雞鴨有果不知其名形似柚而小熟時土人取歸火煨而食之味如饅頭不食鹽由此又東行二三月海中有三山西洋人呼其一爲努玉一

爲衫哩一爲亞喇德反茲無居人唯有鳥獸聞過此以東則南針不定番舶亦不敢復往云

開於在東北海由哇夫島北行約三月可到謝清高云伊昔隨西洋海船至此採買海虎灰鼠狐狸各皮天氣凝寒雪花徧地船初至海口有冰塊流出大者尋丈未敢遽進鳴大礮有土人搖小船來引其船皆刳獨木爲之船中有通其語者故得與交易聞其地名似爲開於二音遂呼爲開於其人甚稀而形似中國食乾魚每日見太陽在南方高僅數丈一二時即落而未甚昏黑惟

戌亥二時始晦餘時俱可見人每月唯望前後數日可見月光星光則未見也初到時手足皆凍裂而土人無恙唯來往手中皆執大木葉二坐則以足踏之知必有取也亦效之果愈不知爲何木也土人極喜中國皮箱見則以皮交易而去偶上岸步行入一土窟土人外出見藏皮箱十餘開看皆裝人頭二顆怖而返由此復北行二十餘日至一海港復鳴礮不見人來遂不敢進聞其北是爲冰海云其東洋諸國清高所未至故皆不錄

海錄終

# 海録注

# 海録注

三卷

〔清〕謝清高 口述 〔清〕杨炳南 筆受 馮承鈞 釋

民國二十七年商務印書館鉛印本

史地小叢書

# 海録注

謝清高口述
楊炳南筆受
馮承鈞注釋

商務印書館發行

謝清高口述
楊炳南筆受
馮承鈞注釋

史地小叢書

# 海錄注

商務印書館發行

# 目錄

海錄注　目錄

海錄注 目錄 四



卷下

# 序

謝清高海錄原刻本頗罕覯今所見本有海外番夷錄本海山仙館叢書本別有舟車所至本小方壺齋輿地叢鈔本頗多刪節檢光緒嘉應州志知尚有呂調陽重刻本謝雲龍重刻本此二本今亦未見所見諸本並題楊炳南名首有炳南序稱嘉慶庚辰（一八二〇）遊澳門遇清高條記所言名曰海錄則應爲清高口述炳南筆受之本然考李兆洛養一齋文集卷二載海國紀聞序云遊廣州識吳廣文石華言其鄉有謝清高者幼而隨洋商船周歷海國無所不到所到必留意搜訪目驗心稽出入十餘年今以兩目喪明不復能操舟業賈自活常自言恨不得一人紀其所見傳之於後石華憫焉因受其所言爲海錄一卷予取而閱之所言具有條理於洪濤巨浸茫忽數萬里中指數如視堂奧又於紅毛荷蘭諸國吞併濱海小邦要隘處輒留兵戍守皆一一能詳尤深得要領者也然以草草受簡未盡精審或失檢會前後差殊因屬石華招之來將補綴而嚴正焉而石華書去而清高遽死欲求如清高者而問之則不復可得也惜哉惜哉就其所錄各國大致幸已粗備船窗有暇爲整比次第略加條定

疑者缺之。復約其所言。列圖於首。題曰海國紀聞。云耳。清高嘉應州之金盤堡人。十八歲隨番舶出洋。朝夕舶上者十有四年。三十一歲而瞽。生乾隆乙酉（一七六五）。死時年五十七。吳廣文名蘭修。亦嘉應州人。云云。記清高始末尤詳。因知筆受者又爲蘭修。蘭修嘉慶戊辰（一八〇八）舉於鄉、年長於炳南。見清高時或在炳南前。惟二人筆受之本皆名海錄。是爲可疑。明人著述固亦有題書名曰海錄者。然同出一人口述而同一書題者。未之見也。兆洛海國紀聞今不傳於世。未能取以對正。此疑尙未能明。此本仍題炳南筆受者。姑從衆也。據兆洛序知清高生乾隆乙酉（一七六五）。則應歿於道光元年（一八二一）。十八歲隨番舶出洋。航海十有四年。三十一歲而瞽。其航海應在乾隆四十七年（一七八二）至乾隆六十年（一七九五）之間。本書崑甸國條記羅芳伯事。有華夷敬畏死而祀之語。又戴燕國條記乾隆末吳元盛殺國王。國人奉以爲主。事有元盛死。子幼。妻襲其位。至今猶存語。舊柔佛條有嘉慶年間英吉利於此闢展土地數年以來商賈雲集語。皆涉及乾隆以後事。殆清高得諸耳聞也。清高航海之年。適當法國革命前後。而英國廣拓海上疆土之時。所附番舶。疑爲英吉利舶。或葡萄牙舶。往來海上十餘年。自不免嫺悉各地語言。新當國條記有馬來語數十字。大西洋國條記有葡萄牙語數十字。可以證之。然譯音頗有舛訛。似多憑諸耳食。既爲隨販商賈。海事似亦生疏。故于所記諸國方位。類多不明。歐羅巴諸國尤甚。疑其足跡僅止倫敦。餘國皆得之傳聞。昔人記往來東西之行程者多矣。而於其中求一商人行記。不可得也。此書所記雖不無模糊影響之言。要爲清高親歷口述之語。且羅芳伯吳元盛輩之事跡。實首見于是編。非海國聞見錄之記事寥寥者可比。李兆洛海國集覽序（並見養一齋文集卷二）有云。清高不知書。同乎古者不能證也。異乎古者不能辨也。因檢諸史及海國記載諸書。摘其有關考證者錄之。擬俟其來而問焉。繼聞清高死。遂不能卒業矣。姑附諸清高所言之後云云。今海國集覽亦無傳本。余不敏。敢承其後。鉤稽史傳外紀等篇。以證清高所歷之地。或爲前人之已經。或爲前人所未履。惟學識淺陋。圖書欠缺。未能一一爲之疏釋。尚有待於博達之闡發也。原書不分卷。海外番夷錄本獨有圖。蓋雜採職方外紀海國聞見錄及本書諸地名繪製而成。不知出何人手。兆洛海國紀聞序有列圖於首語。是否同一地圖。未可知也。此圖甚陋。直漫畫耳。未足以資考證。海山仙館叢書本獨有目錄。自越南條迄柔佛條題曰西南海。自霤哩條迄妙哩士條題曰南海。自大西洋條迄開於條題曰西北海。細目遺漏打拉者尖筆闌二條。殆亦爲後人所增。非原刻本所有按清高所述頗具條理大致分三類首大陸沿岸諸地自越南達印度西北岸諸地爲一類次南海諸島自柔佛迄妙哩士諸島爲一類次歐美非三洲及東北海諸島別爲一類今據以釐爲三卷清高所歷似於南海諸地認識較詳印度沿岸諸國次之歐洲諸國又次之餘多得諸耳聞清高一賈人耳度必不識文字特往來海上十有四年耳聞目見者廣故其所言雖可據亦不盡可據書中譯名多從嘉應音讀自未可以正音繩之原名或本各地方語名然亦多採葡萄牙語名如士耳其之作祋古瑞典之作綏亦咕足以證之是欲譯名還原未可用尋常規律職是之故本書地名未能完全考訂寧闕所不知也謝雲龍序稱呂君調陽重刊海錄添補注說則前人已有注然因時代關係呂注之說度必未能逾越瀛寰志略海國圖志等編範圍恐亦不免附會穿鑿創始者蓋難工脫使諸賢生今之世考證疏釋必較鄙注爲精審詳贍云民國二十六年三月二十五日馮承鈞命恕隱二兒筆受訖

# 楊炳南序

余鄉有謝清高者，少敏異，從賈人走海南，遇風覆其舟，拯于番舶，遂隨販焉。每歲徧歷海中諸國，所至輒習其言語，記其島嶼阨塞風俗物產，十四年而後返粵，自古浮海者所未有也。後盲於目，不能復治生產，流寓澳門，爲通譯以自給。嘉慶庚辰春，余與秋田李君遊澳門，遇焉，與傾談西南洋事，甚悉。向來志外國者，得之傳聞，證于謝君所見，或合或不合。蓋海外荒遠，無可徵驗，而復佐以文人藻繪，宜其華而鮮實矣。謝君言甚樸拙，屬余錄之，以爲平生閱歷，得藉以傳，死且不朽。余感其意，遂條記之，名曰海錄。所述國名，悉操西洋土音，或有音無字，止取近似者名之，不復強附載籍，以失其真云。嘉慶楊炳南序。

# 王鎏序 見海外番夷錄本

近世多博聞强識之士。其著述每長于輿地。若予所識。沈君小宛。徐君星伯。沈君子敦。雖古賈耽劉敞之徒。未之或先也。然其書往往詳於中國。略於外洋。豈以耳目所不及。遂存而不論歟。方今烽烟告警。有志者抱漆室憂葵之念。存中流擊楫之思。外洋輿地不可以弗考也。而前史所載綦略。即以明史考之。與今勢有不同。獨海錄一書。近而可徵。蘊香姪素愛奇書。樂以公之于人。得其本而梓之。附以他書言海事者。粲然可觀。吾嘗嘆刻書者未能有益于世也。若蘊香之用心。其眞切于時務者哉。道光壬寅孟秋王鎏序。

# 呂調陽重刻海錄序 見嘉應州志卷二九藝文

中國人著書談海事。遠及大西洋外大西洋。自謝清高始。清高常久賈舶。親至歐羅巴洲。布路亞英吉利諸國者所身歷。且意存傳信。故所述絕無夸誕。至地本葛留巴諸島。密邇中國門戶。乃其數往來者。則尤加詳焉。證以東西洋考海國聞見錄等書。南溟之道里形勢。皆歷歷如畫。茲可實也。讀禮之隙。輒補正訛鈌。並據舊聞。庶幾後有作者益之精覈。則我中土人之習海事。未必非自謝清高實開之先也。

# 謝雲龍重刻海錄序 見嘉應州志卷二九藝文

海客談瀛洲論者以爲烟濤微茫大都學士文人逞其臆說奇談以欺世未可援爲實據此海錄所以少成書測海者何從徵信乎吾粵濱海之南操奇贏者每貿易海外諸國族兄清高奇男子也讀書不成棄而浮海凡番舶所至以及荒陬僻島靡不周歷其風俗之異同道里之遠近與夫物產所出一一熟識于心垂老始歸盲於目僑寓澳門爲人通譯同里楊秋衡孝廉適履其地詢向所見聞乃具述之其未至者缺焉性已樸實語復率真非奇談臆說可比因錄以付梓厥後徐松龕中丞作瀛寰志略魏默深刺史作海國圖志多採其說呂君調陽重刊海錄添補注說亦書粵東謝清高著茲並錄其序於卷首張香濤中丞書目答問云楊炳南孝廉著則從載筆者而言也顧原本罕覯辛巳夏余宰廬陵時爰從清高姪錫朋明經檢出郵寄來江公餘披覽如讀異書如經滄海閱畢而喜既而不能不悲其遇也今國家海禁大開通商互市者且數十國比年使車四出熟諳洋務者類皆博高官厚祿令生逢其盛必能有以自見不至以窮愁落拓終豈僅於斯錄傳者然使談海諸公猶得據此錄而遙憶之以爲

梅州尚有謝君清高其人者。則斯録也亦可以不朽矣。因序顛末。授諸手民。以廣流傳云。

# 海錄注

## 卷上

萬山一名魯萬山廣州外海島嶼也山有二東山在新安縣界西山在香山縣界沿海魚船藉以避風雨西南風急則居東澳東北風急則居西澳凡南洋海艘俱由此出口故紀海國自萬山始既出口西南行過七洲洋有七洲浮海面故名又行經陵水見大花二花大洲各山順東北風約四五日便過越南會安順化界見呫嗶羅山朝素山外羅山順化卽越南王建都之所也其風俗土產志者既多不復錄又南行約二三日到新州又南行約三四日過龍柰又謂之陸柰卽海國見聞所謂之祿賴也爲安南舊都由龍奈順北風日餘至本底國

南洋海舶來往廣州歷時久矣考法顯行傳義熙甲寅（四一四）法顯從耶婆提（爪哇或蘇門答剌）載商舶東北行趣廣州遇風雨失道商人議言常行時正可五十日便到廣州足證五世紀

初年中國南海間商船常遵此途。然亦有停泊福泉漳交等州諸港者。自十六世紀初年始。廣州幾壟斷西南海之航線。西洋海船常泊廣州。故清高海程以珠江口外之魯萬山爲起點。七洲首見島夷志著錄。星槎勝覽崑崙山條引其文曰。俗云上怕七洲。下怕崑崙。針迷舵失。人船莫存。按七洲今 Paracels Reefs。崑崙今 Pulo Condore。幷爲古今海船所必經之畏途。呫嗶羅山。賈耽通海夷道作占不勞山。今安南之岣嶗占 (Culao Cham) 也。順化。今地圖作 Hué。新洲。今安南平定省歸仁府治。龍柰。安南南圻地。清高航海之年。適當安南阮氏與西山阮氏爭國之際。安南舊都應指順化。縱指西山阮氏根據地。亦應謂爲歸仁。本書謂龍柰爲安南舊都。大誤殆清高聞之未審。抑炳南誤解清高言也。本底國應指柬埔寨國。

本底國在越南西南。又名勘明。疑卽占城也。國小而介于越南暹羅二國之間。其人顏色較越南稍黑。語音亦微異。土產鉛錫象牙孔雀翡翠箭翎班魚脯。又順東北風西行約五六日至暹羅港口。

占城十七世紀末年已滅于安南。此本底國除柬埔寨外莫屬。柬埔寨 (Kamboja) 史稱眞臘。吉蔑 (Khmer) 人所建國也。安南史書名曰高蠻。與此勘明疑均爲吉蔑之轉。英語名此國曰 Cambodia。

殆清高聞之未審而訛爲本底眞臘立國以前地屬扶南西方斥地至於暹羅南部古時南海中之大國也三國志首先著錄其名晉書始有傳可幷參考周達觀眞臘風土記

暹羅國在本底西縱橫數千里西北與緬甸接壤國大而民富庶船由港口入內河西行至國都約千餘里夾岸林木葱蘢田疇互錯時有樓臺下臨水際猿鳥號鳴相續不絕男女俱上裸男以幅布圍下體女則被帬官長所被衣其製與中國雨衣略同以色辨貴賤紅者爲上右臂俱刺文形若任字王則衣文彩繡佛像其上飛金貼身首器皆以金陸乘象輦水乘龍舟凡下見上裸體跣足屈腰蹲身國無城郭民居皆板屋王居則以瓦覆其上臨水爲之士人多力農時至則播種熟則收穫無事耘耡故家室盈寧稱爲樂土商賈多中國人其釀酒販鴉片煙開場聚賭三者榷稅甚重俗尊佛教每日早飯寺僧被袈裟沿門托鉢凡至一家其家必以精飯肴蔬合掌拜獻僧置諸鉢滿則回寺奉佛又三分之僧食其一鳥雀食其一以其一飼蟲鼠終歲如是僧無自舉火者出家爲僧謂之學禮雖富貴家子弟亦多爲之弱冠後乂聽其反俗其婚嫁男家伴以男女家伴以女俱送至僧寺令拜佛然後迎歸合巹焉頗知尊中國文字聞客人有能作詩文者國王多羅致之而供其飲食國有軍旅則取民爲兵一月之

內。其糗糧皆兵自備。越月然後王家頒發。四鄰小國多屬焉。土產金、銀、鐵、錫、魚翅、海參、鰒魚、瑇瑁、白糖、落花生、檳榔、胡椒、油蔻、砂仁、木蘭、椰子、速香、沉香、降香、伽楠香、象牙、犀角、孔雀、翡翠、象、熊、鹿、水鹿、山馬、水鹿形似鹿而無角。色青。其大者如牛。山馬形似鹿而大。商賈常取其角假混鹿茸。犀角有二種。色黑而大者爲鼠角。價賤。極大者重二三斤。小者亦重斤餘。其色稍白而旁有一潤直上者。爲天曹角。其潤直上至頂者亦不貴。若頂上二三分無潤而圓滿。色潤而微紅者。則貴矣。椰木如欖。直幹無枝。其大合抱。高者五六丈。種七八年然後結子。每歲只開花四枝。花莖傍葉而生。長數尺。花極細碎。一枝只結椰子數顆。四花分四季采之。欲釀酒者。則於花莖長盡花未及開時。用蕉葉裹其莖。勿令花開。再以繩密束之。砍莖末數寸。取瓦礶承之。其液滴於礶中。每日清晨及午酉亥三時則收其液。清晨所收味清酣。日出後則微酸。俱微有酒味。再釀之則成酒矣。所砍處稍乾。則又削之。花莖盡而止。椰肉可以榨油。殼可爲器。衣可爲船纜。故番人多種之。歲以土物貢中國。

暹羅立國。前居其地者屬猛(Môn)種。建二國。北國名訶利朋闍耶(Harípunjaya)在今 Lampun 地。南國名 Dvaravati。西域記作墮羅鉢底。南海寄歸內法傳作杜和鉢底。新唐書南蠻傳作投和羅十一世紀時南國併入扶南十三世紀時蒙古滅大理擺夷(Thai)南徙滅訶利朋闍耶建八百(Lan-na, Yonakarattha)國都景邁城(Xieng-mai)南國舊境隸於扶南者有暹(Siam)國在速古臺(Sukhothai)有羅斛(Lavo)國在Lapburi皆擺夷所建國暹國開國主Pha Mu'an首逐柬埔寨（扶南）人於境外其子敢木丁 (Rama Kamhen) 在位時國勢甚强元貞元年（一二九五）曾入貢中國後至一三四九年時併入羅斛越二年定都阿踰陀 (Ayuthya)迄於一七六七年緬人之殘破一七七二年遷都盤谷 (Bangkok) 華人君臨暹羅即始於是時島夷志略暹國條載至正己丑（一三四九）夏五月降於羅斛是爲暹羅合併首見中國記載之文淸高航海時都城在盤谷所記「入內河西行至國都約千餘里」西應作北千殆爲十之誤瀛涯勝覽暹羅條云「至新門臺海口入港纔至其國國週千里」殆炳南誤解載籍文而以國都距港口千餘里條首自夾岸林木以下至無事耘耡百餘字多採自海國聞見錄然餘記頗有爲前人記載所未詳足與瀛涯勝覽諸編共參稽也。

宋卡國在暹羅南少東由暹羅陸路十七八日水路東南行順風五六日可到疆域數百里海國見聞

作宋脚。緣閩語謂脚爲卡。故譌。土番名無來由。地曠民稀。俗不食豬。與回回同。鬚止留下頷。出入懷短刀自衞。娶妻無限多寡。將婚男必少割其勢。女必少割其陰。女年十一二即嫁。十三四便能生產。男多贅於女家。俗以生女爲喜。以其可以贅壻養老也。若男則贅於婦家。不獲同居矣。其貲財則男女各半。凡無來由種類皆然。死無棺槨。葬椰樹下。以淫爲佳。不封土。不墓祭。王傳位必以嫡室子。庶子不得立。君臣之分甚嚴。王雖無道。無敢覬覦者。即宗室子弟國人無敢輕慢。婦人穿衣褲。男子唯穿短褲。裸其上。有事則用寬幅布數尺縫兩端。襲於右肩。名沙郎。民見王及官長。俯而進。至前蹲踞。合掌於額而言。不敢立。王坐受之。見父兄則蹲踞。合掌於額。立而言。平等相見。唯合掌於額。餘與暹羅略同。山多古木。土產孔雀、翡翠、瑇瑁、象牙、胡椒、檳榔、椰子、銀、鐵、沉香、降香、速香、伽楠香、海參、魚翅。貢於暹羅。

宋卡。海國聞見錄作宋脚。較古譯名似爲武備志卷二百四十航海圖之孫姑那。地在馬來半島東岸。今地圖作 Songkla 或 Sengora。尙屬暹羅。古時疑隸狼牙修。說詳太呢條。無來由乃 Malayu 之對音。大唐西域求法高僧傳作末羅瑜。南海寄歸內法傳作末羅遊。昔爲蘇門答剌島國名。後爲全島之稱。最後無南海部落之號。馬來半島即因此部落徙居而得名。沙郎是 sarong 之對音。梁書狠牙修傳以吉貝爲干縵。卽此沙郞之古名。惟沙郞用以圍腰。本條謂縫兩端襲於右肩。誤也。

太呢國在宋卡東南。由宋卡陸路五六日。水路順風約日餘可到。連山相屬。疆域亦數百里。風俗土產均與宋卡略同。民稀少而性兇暴。海艘所舶處謂之淡水港。其山多金。山頂產金處名阿羅帥。原注阿於何切下同由淡水港至此。須陸行十餘日。由咕噸丹港口入。則三四日可至。故中華人到此淘金者。船多泊咕噸丹港門。以其易於往來也。國屬暹羅。歲貢金三十斤。

太呢。海國聞見錄作大哰。明代著述多作大泥。然多與浡泥牽合無一。象胥錄浡泥條云。今稱大泥。隸暹羅。東西洋考云。大泥卽古浡泥也。本闍婆屬國。今隸暹羅。明史浡泥傳襲其誤。云初屬爪哇。後屬暹羅。改名大泥。案浡泥乃 Borneo 島之古譯。大泥乃 Patani 之省稱。海語有佛打泥。殆爲此地之全名。本書咕嗟、崑甸、戴燕、新當文來五條皆記浡泥島地。乃不知其在浡泥。而誤以咕嗟屬爪哇。其失與明人之附會同。案大泥確在宋卡東南。武備志航海圖孫姑那吉蘭丹兩地間無大泥。而有狠西加、昆下池港、西港三名。藤田豐八東西交涉史之研究（南海篇）狠牙修國考以大泥當古之狠牙脩。卽本於此。其文歷引梁書狠牙脩。隋書赤土傳狠牙須。南海寄歸內法傳郞迦戍。諸蕃志淩牙斯加島夷志略龍牙犀角諸名並鈎稽其他載籍之文互證而博考之惟遺續高僧傳拘那羅陀傳之棱伽脩 Tanjore 城 Tamil 文碑著錄之 Langaçoka 雖有小疵大致可取伯希和舊考以馬來半島西岸之古 Kedah 城當狼牙脩亦能與藤田之說相合蓋古之狼牙脩得跨有馬來半島之東西岸昔時滿剌加海峽一帶土人多尙寇掠島夷志略龍牙門 (Linga) 條記載甚詳古時航海者嘗以此爲畏途故多泊舟馬來半島東岸波斯大食人泊舟地名 Kalah 得爲此 Kedah 大唐西域求法高僧傳之羯茶疑指此港諸蕃志南毗條與島夷志略重迦羅條之吉陀武備志航海圖之吉達本書之吉德則確指此 Kedah 也有陸路可通馬來半島東岸古時殆與宋卡大泥合爲一國故元以後無狼牙脩而有大泥至明史謂錫蘭山爲古狼牙修蓋爲牽合附會之說明史外國傳之考訂似此者不一而足未足據也山頂產金處名阿羅帥按葡萄牙語金曰 ouro 則爲葡萄牙語金礦之稱矣

咭蘭丹國在太呢東南由太呢沿海順風約日餘可到疆域風俗土產略同太呢亦無來由種類爲暹羅屬國王居在埔頭埔頭者朝市之處而洋船所灣泊也周圍種竻竹爲城加以木板僅一門民居環

竹外。王及官長俱席地而坐。裸體跣足。無異居民。出則有勇壯數十擁護而行。各持標鎗。謂之景子。見者咸蹲身合掌。王過然後起。景子。猶華言奴僕也。王及酋長富家俱有之。政簡易。王日坐堂。酋長有稱萬。者有稱斷者。咸入朝環坐議政事。有爭訟者。不用呈狀。但取蠟燭一對。俯捧而進。王見燭。則問何事。訟者陳訴。王則命景子宣所訟者進質。王以片言決其曲直。無敢不遵者。或是非難辨。則令沒水。沒水者令兩造出外。見道路童子。各執一人至水旁。延番僧誦呪。以一竹竿令兩童各執一端。同沒水中。番僧在岸呪之。所執童先浮者爲曲。無敢復爭。童子父母習慣。亦不以爲異也。又其甚者。則有探油鍋法。探油鍋者。盛油滿鍋。火而熱之。番僧在旁誦呪。取一鐵塊。長數寸。寬寸餘。厚二三分許。置鍋中。令兩造探而出之。其理直者。引手入滾油中取出鐵塊。毫無損傷。否則手始入油鍋。即鼎沸傷人。終不能取。非自反無愧者。始雖强詞。鮮不臨鍋而服罪。國有此法。故訟者無大崛强。而君民俱奉佛甚虔也。王薨。或子繼。或弟及。雖有遺命。然必待天意之所歸。而後即安。故嗣王雖即位。若天心不屬。民不奉命。而兄弟叔姪中有爲民所戴者。則讓之而退處其下。不然。雖居尊位。而號令亦不行也。土番居埔頭者。多以捕魚爲生。每日上午各操小舟。乘南風出港。下午則乘北風返棹。南風謂之出港風。北風謂之入港風。日日如此從無變易是殆天所以養斯民也其居山中者或耕種或樵採窮困特甚上無衣下無褌唯剝大樹皮圍其下體亦無屋宇穴居野處或於樹上蓋小板屋居之凡土番俱善標鎗標鎗者飛鎗也能殺人於數十步外出入常以自隨乘便輒行刼殺人其山多木易于避匿故山谷僻處鮮有行人有爭訟而酋長不能斷者常自請于王願互用標鎗死無悔王亦聽之但酌令理直者先標中而死則彼家自以尸歸不中則聽彼反標顧鮮有不中者俗淫亂而禁婦女嫁中華人故閩粵人至此鮮娶者有妻皆暹羅女也犯姦者事發執而囚之度其身家厚薄而罰其金謂之阿公凡犯令者亦然少笞杖之刑其金一日不納則次日倍罰若亢不納則囚禁無釋時亦無敢亢者若本夫覺其姦執殺之亦不禁國有大慶王先示令擇地爲場至期於場中飲酒演戲國人各以土物貢獻王受其儀于場中賜之飲食四方來觀之華夷雜沓姦賭無禁越月而後散凡進獻及餽賀其儀物皆以銅盤盛之使者戴于首而行飲食不用箸多以右手抓取故重右手而輕左手人若以左手取食物相贈遺則怒以爲大不敬云地多瘴癘中華人至此必入浴溪中以小木桶舀水自頂淋之多至數十桶俟頂上熱氣騰出然後止日二三次不浴則疾發居久則可少減然亦必日澡洗即土番亦然或嬰病察其傷於風熱者多淋水

卽瘳。無庸藥石。凡南洋諸國皆然。其地名雙戈及呀喇頂等處皆產金。由咕嚩丹埔頭入內河。南行二日許。西有小川通太呢阿羅帥。又南行日餘。雙戈水會之。又南行十餘日。則至呀喇頂。與邦項（原註讀平聲）後山麻姑產金處相連。河中巨石叢雜。水勢峻厲。用小舟逆挽而上。行者甚艱。中國至此者歲數百閩人多居埔頭。粵人多居山頂。山頂則淘取金砂。埔頭則販賣貨物及種植胡椒。凡洋船到各國。王家度其船之大小。載之輕重。而權其稅。大而載重者納洋銀五六百枚。小者二三百不等。謂之凳頭金。客人初到埔頭。納洋銀一枚。居者歲又納丁口銀一枚。謂之亞些。各貨稅餉謂之碼子。居咕嚩丹山頂掏金欲回中國者。至埔頭必先見王。納黃金一兩。然後許。年老不復能營生者減半。若呷咇丹知其貧而爲之請。則免。呷咇丹者。華人頭目也。居埔頭者則俱免。若洋船有藏匿。覺察則船主阿公。船主是洋船出資本置買貨物者。凡洋船造船出賃者謂之板主。看羅盤指示方向者謂之夥長。看柁者謂之太工。管理銀錢出入者謂之財庫。艙口登記收發貨物者謂之淸丁。而出資賃船置貨貿易則爲船主。船中水手悉聽指麾。故有事亦唯船主是問。其釀酒販鴉片開賭場者碼子亦特重。私家逋負酋長嘗置若罔聞。而賭賬則追捕最力。各國多如此。食鴉片烟則咕嚩丹爲甚。客商鮮不效尤者。其土產唯檳榔胡椒

爲多亦以三十斤金爲暹羅歲貢

咕㘓丹今 Kelantan 地諸蕃志三佛齊條作吉蘭丹爲三佛齊屬國島夷志略武備志航海圖譯名同明史作急蘭丹海國聞見錄作吉連丹明代隸爪哇之滿者伯夷(Majapahit)國一七八〇年隸暹羅一九〇九年移讓英國王居之埔頭應指吉蘭丹之都會 Kota Bharu 位吉蘭丹河上河北流入海故云乘南風出港北風返棹山居之土番殆指 Sakai 種非無來由呷咇丹此言頭目葡語作 capitao 荷語作 kapitein 此其對音也

丁咖囉國一名噠拉岸疑卽丁機宜也在咕㘓丹東南由咕㘓丹沿海約日餘可到疆域風俗與上數國略同而富彊勝之各國王俱喜養象聞山中有野象王家則令人砍大木於十里外周圍柵環之旬日漸移而前如此者數柵益狹象不得食俟其羸弱再放馴象與鬬伏則隨馴象出自聽象奴驅遣土產胡椒檳榔椰子沙藤冰片燕窩魚翅海參油魚鮑魚螺頭帶子紫菜孔雀翡翠速香降香伽楠香帶子角帶也形若江瑤柱胡椒最佳甲於諸番歲貢暹羅安南及鎮守噶喇叭之荷蘭

丁咖囉今 Trengganu 地諸蕃志三佛齊條作登牙儂南海語 Tringano 之對音也島夷志略

作丁家盧武備志航海圖作丁加下路。明史作丁機宜。海國聞見錄作丁噶㗝。明代亦隸爪哇之滿者伯夷。故明史云丁機宜為爪哇屬國。十八世紀時屬柔佛（Johore）。旋隸暹羅。一九〇九年為英國保護國。國都 Kuala Trengganu 猶言丁咖囉河口。噶喇叭今爪哇巴達維亞（Batavia）之土名也。

邦項原註讀平聲　在丁咖囉南。古志多作彭亨。以謝清高所述音近邦項。故改從此二字。其餘亦多類此。由丁咖囉陸路約二日可到。疆域風俗民情均與上數國同。亦產金。而麻姑所產為最。土產胡椒。冰片。沙穀米。胡椒藤本。初種時長尺餘。年餘長至數尺。則卷成圈。復取土掩之。俟再生。然後開花結子。十餘年藤漸弱。則取其旁舊土。或有雜木葉霉敗其中者糞之。復茂。不可以他物糞。至三十餘年則不復結子。須擇地另種。舊地非百年後不能復種也。子熟採而乾之。色黑而縐。味辛辣而性溫。其極熟者則雖乾而圓滿。去其皮。是為白椒。其性更烈。自安南至麻倫呢諸國皆有。唯丁咖囉所產為最。冰片。木液也。周流木內。夜則上于樹杪。明則下于樹根。土番夜聽其樹而知其上下老嫩。俟其老時。四鼓潛往。以刀削其根數處。如中國之取松脂然。天明其液流。從砍處落地。滴滴成片。若未老則出水而已。沙穀米亦以木液爲之。其木大者合抱。砍伐破碎。舂之成屑。則以水洗之。去其滓。俟其水澄。取其下凝者暴乾成粉。復以水洒之。則累累如彩珠。煮食之可以療饑。以上數國。閩粵人多來往貿易者。內港船往各國。俱經外羅山南行。順風約一月過煙筒大佛山。又日餘經龍奈口。過崑崙海。日餘見崑崙山。至此然後分途而行。往宋卡、暹羅、大呢、咭蘭丹各國。則用庚申針轉而西行矣。由邦項東南行約日餘。復轉西入白石口。順東南風。約日餘則到舊柔佛。

邦項。今 Pahang 地。諸番志三佛齊條作蓬豐。屬三佛齊國。島夷志略作彭坑。武備志航海圖作彭抗。明史作彭亨。明代始隸爪哇之滿者伯夷。繼爲滿剌加所征服。一六九九年後國主並出滿剌加柔佛之 Bendahara 朝。一八八八年英籍華人某被殺於 Pekan 城。遂歸英保護。國王居 Pekan 城。而都會則在 Kuala Lipis。今彭亨僅 Raub 附近產金。麻姑殆爲 Semangko 之省稱。鰍沙穀米。諸蕃志作沙糊。瀛涯勝覽作沙孤。皆馬來語 sagu 之對音。麻倫呢今 Malwan 在印度西岸。本書有專條。白石口應指新嘉坡峽 (Singapore Strait)。

舊柔佛在邦項之後。陸路約四五日可到。疆域亦數百里。民情風俗略與上同。土番爲無來由種類。本柔佛舊都。後徙去故名舊柔佛。嘉慶年間暎咭利於此闢展土地。招集各國商民在此貿易耕種。而薄其賦稅。以其爲東西南北海道四達之區也。數年以來。商賈雲集。舟船輻輳。樓閣連亙。車馬載道。遂爲勝地矣。番人稱其地爲息辣。閩粵人謂之新州府。土產胡椒、檳榔膏、沙藤、紫菜、檳榔膏卽甘瀝。可入藥。

舊柔佛今新嘉坡 (Singapore) 島。爪哇語名 Tumasik 梵語名 Simhapura 此言獅子城。大食人從梵語作 Singafura 此今名所自出也。中國載籍首先著錄者爲單馬錫。見島夷志略龍牙門 (Linga) 條。與爪哇語名對音合。似爲新嘉坡之古稱。此島近年出土之一二〇一年碑。寫其名作 Tamsak 可以證已。武備志航海圖作淡馬錫。具見明初此名尙存。明史柔佛傳無此島名。案英人佔領新嘉坡事在嘉慶二十四年或西曆一八一九年。下距淸高之死僅二年。而所記晩及數年後新埠發達事。似筆受者有所增益。新嘉坡島與柔佛間有柔佛峽 (Strait of Johore) 馬來語名 Selat Tebrau 此記謂番人稱其地爲息辣。殆爲 Selat 之對音。此言峽也。

麻六呷在舊柔佛西少北。東北與邦項後山毗連。陸路通行。由舊柔佛水陸順東南風半日過琴山徑口。又日餘到此。土番亦無來由種類。疆域數百里。崇山峻嶺。樹木叢雜。民情兇惡。風俗詭異。屬荷蘭管轄。初小西洋各國番舶往來中國。經此必停泊。採買貨物。本爲繁盛之區。自嘆咭利開新州府。而此處浸衰息矣。土產錫、金、冰片、沙藤、胡椒、沙穀米、檳榔、燕窩、犀角、水鹿、瑇瑁、翡翠、降速、伽楠各香。閩粵人至此採錫及貿易者甚衆。

麻六呷。今 Malakka 地。瀛涯勝覽星槎勝覽武備志航海圖均作滿剌加。東西洋考作麻六甲。海國聞見錄作麻喇甲。明初爪哇之滿者伯夷取新嘉坡。柔佛國王徙居此地。一五一一年葡萄牙人奪據之。明史云爲佛郎機所破。蓋指此事。一六四一年荷蘭人奪據之。至一七九五年終爲英人佔領。清高航海時適當荷人佔領之時。故云屬荷蘭管轄。瀛涯勝覽滿剌加條稱寶船往來西洋。必到此處聚齊。則新嘉坡開闢以前。原爲中西船舶停泊之所。海國聞見錄稱往西海洋中國洋船從未經歷。到此而止。殊失考也。瀛涯勝覽又云。此處舊不稱國。因海有五嶼之名。遂名曰五嶼。此五嶼殆指 Pulo Besar 諸島。

沙喇我國在麻六呷西北。由麻六呷海道順東南風二三日。經紅毛淺。下有浮沙。其水不深。故曰淺。謂之紅毛。則不知其何取也。此國在紅毛淺東北岸。疆域數百里。民頗稠密。性情兇獷。後山與丁咖囉咭嚩丹相連。山中土番名𤞑(原註讀力麻切)子。裸體跣足。鳩形鵠面。自爲一類。亦服國王管轄。但與無來由不相爲婚。嘗取蜜蠟、沙藤、沉香、速香、降香、犀角、山馬、鹿脯、虎皮等物。出與國人交易。閩粵人亦有到此者。其產錫、冰片、椰子、沙藤。

沙喇我今 Selangor 地。舊不稱國。先隸爪哇之滿者伯夷。後屬麻六呷。一七四三年其酋始有國主(sultan)之號。一八七四年降爲英之保護國。武備志航海圖有吉令港。即此國之 Klang 河。𤞑子殆指 Sakai 種族。今沙喇我北有霹靂(Perak)。南有芙蓉(Negri Sembilan)。與彭亨共爲馬來四聯邦。是編僅誌二國。餘二國淸高殆未親歷。武備志航海圖吉令港吉達港之間有一港未著名稱。港北有檳榔嶼。港南有九州港。後有吉那大山。考檳榔嶼即後條之新埠。九州應作九洲。洲在霹靂河口(Kuala Perak)外。名 Pulo Sembilan。馬來語猶言九洲。星槎勝覽有九洲山。與滿剌加國接境。永樂七年(一四〇九)鄭和等嘗差官兵入山採香。應爲是山。則航海圖之缺名河港應是霹靂河。吉那大山疑指 Gunong Grah 山。此爲霹靂北部最高之山。對音亦較合。蓋明人譯名有時以剌作那也。

新埠海中島嶼也。一名布路檳榔。又名檳榔士。暎咭利于乾隆年間開闢者。在沙喇我西北大海中。一山獨峙。周圍約百餘里。由紅毛淺順東南風約三日可到。西南風亦可行。土番甚稀。本無來由種類。暎咭利招集商賈。遂漸富庶。衣服飲食房屋俱極華麗。出入悉用馬車。有暎咭利駐防番二三百。又有敍跛兵千餘。閩粵到此種胡椒者萬餘人。每歲釀酒販鴉片及開賭場者。榷稅銀十餘萬兩。然地無別產。恐難持久也。凡無來由所居地有果二種。一名流連子。形似波羅蜜而多刺。肉極香酣。一名茫。原註讀莫泿切姑生。又名茫栗。形如柿而有殼。味亦清酣。

新埠今 Pulo Penang 也。原隸吉德（Kedah）。一七八六年（乾隆五十一年）吉德國王租讓與英國。武備志航海圖作檳榔嶼。敍跛兵指 Sepoy。兵語本波斯語 sipahi。英國東印度公司所僱用之印度兵也。流連子殆爲馬來語名稱之 durian。瀛涯勝覽蘇門答剌條云有一等臭果番名賭爾焉。皮生尖刺。內肉甜美可食。殆指此物。茫姑即檬果。一名芒果。學名 Mangifera Indica 者是也。

吉德國在新埠西北。又名計噠。由新埠順東南風日餘可到。後山與宋卡相連。疆域風俗亦與宋卡略同土曠民稀米價平減土產錫胡椒椰子閩粵人亦有至此貿易者由此陸路西北行二三日海道日餘到養西嶺（原注讀力養切）陸路又行三四日水路約一日到蓬呀俱暹羅所轄地自宋卡至此皆無來由種類性多兇暴出入必懷短刀以花鐵爲之長六寸有奇鑲以金海馬牙爲柄其刀末有花紋者持以相鬭刀頭有紋者則佩之以爲吉慶王及酋長皆然海馬出麻沙密紀即鬚毛烏鬼國也形似牛而脚短居水中偶上岸食草或曝於沙壜取之之法用大木七八尺方之令上窄下寬上輕下重空其中上有蓋爲環鈕於內旁穿四孔遇海馬在沙壜則三四人各挾標鎗二入木中令人蓋之而放於上流木隨流而下海馬見之必趨赴翻弄覺其無物則置之而復息於壜比其木流至壜前木中人急去其蓋各舉鎗標之鎗有倒鈎以繩繫之中則趨上岸將繩縛於木而縱收之俟其力稍乏各加一標死則宰而食之其味甚美牙以鑲刀柄

吉德 Kedah 之對音也昔與宋卡 (Songkla) 太呢 (Patani) 疑均爲狼牙修 (Lengkasuka) 國地說詳太呢條注歷屬三佛齊滿者伯夷暹羅諸國今大部屬英國武備志航海圖作吉達其舊城 Old Kedah 疑爲義淨之羯茶大食人之 Kalah 諸蕃志島夷志略皆有吉陸亦其地之同名

異譯。養西嶺今 Junk Seylon。東西洋考西洋針路之錫蘭。殆指此島。明史誤錫蘭爲古之狼牙修。疑本于此。蓬牙就方位言。應指 Mergui。然與對音未合。麻沙密記。東非洲沿岸之 Mozambique 也。昔稱非洲曰烏鬼國。而別其人曰順毛烏鬼。鬈毛烏鬼。見海國聞見錄大西洋記。

烏土國。在暹羅蓬牙西北。疆域較暹羅更大。由蓬牙陸路行四五日。水陸順風約二日。到佗歪。爲烏土屬邑。廣州人有客于此者。又北行百餘里。到媚麗居。又西北行二百餘里。到營工。又西行二百餘里到備姑。俱烏土屬邑。王都在盎畫。由備姑入內河。水行約四十日方至。國都有城郭宮室。備姑鄉中有孔明城。周圍皆女牆。參伍錯綜。莫知其數。相傳爲武候南征時所築。入者往往迷路。不知所出云。北境與雲南緬甸接壤。雲南人多在此貿易。衣服飲食大略與暹羅同。而樸實仁厚。獨有太古風。民居多板屋。夜不閉戶。無盜賊爭鬭。國法極寬。有過犯者罰之而已。重則圈禁。旬日而釋。無殺戮撲楚之刑。實南洋中樂國也。男女俱椎髻。婚娶或男至女家。或女至男家。交拜成親。死則聚親友哭之。旋葬於山。不封不樹。土產玉、寶石、銀、燕窩、魚翅、犀角、泥油、紫景、兒茶。寶石藍者爲貴。以其難得也。泥油出土中。可以然燈。紫景亦土中所出。其色紫。土人以代印色。自安南至此。及南洋諸國沿海俱有鱷魚。形如壁虎。是食人。

海録注

土番有被鱷吞者延番僧呪之垂釣于海食人者即吞鈎而出其餘則不可得而釣也由備姑西北行沿海數千里重山複嶺幷無居人奇禽怪獸出沒號叫崇巖峭壁間多古木奇花所未經覩舟行約半月方盡亦海外奇觀也

烏土既在暹羅蓬牙西北疆域較暹羅更大則舍緬甸莫屬本書明呀喇(Bengal)條稱鴉片出於叭旦拏(Patna)者皆中華人所謂烏土也然烏土條所載土產無鴉片似非國名之所本今緬甸昔分二國北曰緬南曰白古即本書之備姑(Pegu)緬國自漢至唐都 Prome 即唐書之驃國九世紀初年徙都古之蒲甘(Pagan)今之大公(Tagaung)緬與白古互相吞併時分時合一三六四年時徙都今之阿瓦(Ava)即本書之盎畫一七八三年時又從阿瓦徙都阿摩羅補羅(Amarapura)一八五七年又遷至曼大來(Mandalay)清高航海時緬國都城不在阿瓦而在阿摩羅補羅殆都城新遷清高尚未悉也烏土屬邑佗歪武備志航海圖作打歪山明史作打回今 Tavoy 也媚麗居對音與 Mergui 合然 Mergui 在佗歪南而不在佗歪北若謂媚麗居爲武備志航海圖之八都馬(Martaban)則又與對音不合疑清高未歷其地抑傳聞未審致所記之方

位有誤此類錯誤本書累見不鮮不僅本條爲然營工今稱仰光 Rangoon 之同名異譯也

徹第缸在烏土國大山之北數十年來暎咭利新闢土地未有商賈其風俗土產未詳

瀛涯勝覽榜葛剌 (Bengal) 條云自蘇門答剌國開船好風行二十日先到淛地港星槎勝覽榜葛剌條云其國海口有港曰察地港卽此徹第缸武備志航海圖作撒地港撒殆爲撤之誤大食人 ibn Battutah 行紀作 Sadkawan 今 Chittagong 也

明呀喇暎咭利所轄地周圍數千里西南諸番一大都會也在徹第缸海西岸由徹第缸渡海順東南風約二日夜可到陸路則初沿海北行至海角轉西又南行然後可至爲日較遲故來往多由海道其港口名葛支里港外沿海千餘里海水渾濁淺深叵測外國船至此不能遽進必先鳴礮使土番聞之請於暎咭利命熟水道者操小舟到船爲之指示然後可土番亦必預度其淺深以泡志之泡者截大木數尺製爲欖形空其中繫之以繩墜之以鐵隨水道曲折浮之水面以爲之志土番謂之泡每一望遠及轉折處則置一泡然外人終不能測是殆天險也港口有礮台進入內港行二日許到交牙礮台又三四日到咕哩噶嘡暎咭利官軍鎭明呀喇者治此有小城城內唯住官軍商民環處城外暎咭利

官吏及富商家屬俱住漲浪居。漲浪居者城外地名也。樓閣連雲園亭綺布甲于一國。暎咭利居此者萬餘人。又有敍跛兵五六萬即明呀哩土番也。酋長有三。其大者稱唧有士第。其次爲呢哩。又次爲集景皆命於其王。數年則代。國有大政大訟大獄必三人會議。小事則聽屬吏處分。其統屬文武總理糧餉一人謂之辣。亦數年而代。其出入之儀仗較三酋長特盛。前有騎士六人。後有四人。左右各一人。俱穿大紅衣。左右二人裝束俱同辣。唯辣所穿衣當胸繡八卦文爲異耳。凡鞫獄訟。上下俱穿黑衣。唯三酋長兩肩有白絨緣。頭戴白帽。用白髮織成。狀如風帽。酋長上坐。客長十人旁坐。客長客商之長也。每會鞫必延客長十人旁坐者。欲與衆共之也。其獄必僉曰是。然後定讞。有一不合。則復鞫。雖再三不以爲煩。然怙奢尙利。賄賂公行。徒事文飾。無財不可以爲說也。其土番有數種。一明呀哩。一夏哩。一吧藍美。明呀哩種較多。而吧藍美種特富厚。明呀哩食牛不食豬。夏哩食豬不食牛。吧藍美則俱不食。富者衣食居處頗似暎咭利。以華麗相尙。貧者家居俱裸體。以數寸寬幅布圍其腰。又自臍下絆至臀後以掩下體。男女皆然。謂之水幔。無來由番亦多如此。出門所圍布幅稍寬。有吉慶則穿長衣窄袖。其長曳地。用白布二丈纏其頭。以油徧擦其身。所居屋盡塗以牛糞。俗以螺殼有文彩者爲貨貝。交易俱用之。

娶妻皆童養。夫死婦不再嫁。剃髮而居。各種不相為婚。男子胸蓋小印數處。額上刺紋。女人皆穿鼻帶環。吧藍美死則葬于土。餘俱棄諸水。有老死者。子孫親戚送至水旁。聚而哭之。各以手撫其屍而反掌自舐之。以示親愛。偏則棄諸水。急趨而歸。以先至家者為吉。明呀哩間有以火化者。更有伉儷敦篤者。夫死婦矢殉。親戚皆勸阻。堅不從。則聽之。將殉。先積柴於野。置夫屍于上。火之。婦則盡戴所有金銀珠寶玩飾。繞火行哭。親戚亦隨哭。極慟。見屍將化。婦則隨舉諸飾分贈所厚。而跳入火。衆皆嘖嘖稱羨。俟火化而後去。每歲三四月。則羣聚而賽神于廟門外。先豎直木一。再取一木度其長之半。鑿孔橫穿直木上。令活動可轉。橫木兩端各以繩繫鐵鉤二。有數人赤身。以長幅布圍下體。手縮一籃。籃內裝各種時果。立其下。衆先取兩人。以橫木兩端鐵鉤鉤其背脊兩旁。懸諸空中。手足撒開。狀如飛鳥。觀者舉橫木推轉之。其人則取籃中果分撒于地。羣爭拾之。果盡。復換兩人。衆皆歡笑。不以為苦也。得果者歸以奉家長及病者。以為天神所賜云。自此以西。地氣漸寒。中華人居此者可穿夾衣。自此以東及南洋諸國。天氣俱和暖。四時俱可穿單衣。土產鴉片、煙硝、牛黃、白糖、棉花、海參、瑇瑁、訶子、檀香。鴉片有二種。一為公班。皮色黑。最上。一名叭第咕喇。皮色赤。稍次之。皆中華人所謂烏土也。出於明呀喇屬邑地名叭且拏。其出曼噠喇薩者亦有二種。一名金花紅爲上。一名油紅次之。出嗎喇他及盎叽哩者名鴨屎紅。皆中華人所謂紅皮也。出孟買及唧肚者則爲白皮。近時入中華最多。其木似罌粟。葉如靛青。子如茄。每根僅結子二三顆。熟時夜以刀劃其皮。分許膏液流出。凌晨收之。而浸諸水。數刻然後取出。以物盛之。再取其葉曝乾。末之。雜揉其中。視葉末多少。以定其成色。葉末半則得膏半。然後捏爲團。以葉裹之。子出膏盡。則拔其根。次年再種。週年以來。閩粵亦有傳種者。其流毒未知何所底止也。

明呀喇。島夷志略作朋加剌。瀛涯勝覽星槎勝覽武備志航海圖均作榜葛剌。明史有傳。海國聞見錄作網礁臘。一作民呀。今 Bangala (Bengal) 地。葛支里港口。今 Hugli 河口。咕哩噶噠。今 Calcutta。創建於一六九〇年。初名 Fort William。殆卽本條所謂之漲浪居也。敍跋兵見新埠條。

明呀哩。瀛涯勝覽作榜葛里。皆 Bangali 之對音。猶言榜葛剌人。考一七七三年組織法。印度設總督(Governor-general)一人。參議(councellors)四人。最高法院院長(Chief Justice)一人。法官(Judges)三人。本條稱酋長有三。其大者稱唧有士。第殆指最高法院院長。餘二人對音未詳。或指法官。或指參議。皆未可知。又稱統屬文武總理糧餉一人。謂之辣。應指印度總督。辣者應是 lord

之音譯清高航海時印度總督有此爵號者祗有一七八六至一七九三年在任之Lord Cornwallis所謂揀應指此八吧藍美疑爲婆羅門（Brahmans）之別譯叭旦弩今Patna古華氏城曼噠喇薩今Madras嗎喇他疑爲Maratha之對音印度西部部落之名稱也盎叽哩今Janjira孟買今Bombay啣肚今Kathiawar後五地本書各有專條

曼噠喇薩在明呀喇西少南由葛支里沿海陸行約二十餘日水路順東風約五六日俱嘆咭利所轄地至此別爲一都會有城郭嘆咭利居此者亦有萬人敍跛兵二三萬此地客商多阿哩敏番卽來粵東戴三角帽者是也土番名雪那哩風俗與明呀哩略同土產珊瑚、珍珠、鑽石、銀、銅、棉花、訶子、乳香、沒藥、鴉片、魚翅、猳梭、豸梭、豸形如小洋狗又有金邊洋布價極貴一匹有値洋銀八十枚者內山爲曉包補番曉包補者猶華言大也本回回種類其間國名甚多疆域不過數百里所織布極精細大西洋各國番多用之

曼噠喇薩（Madras）今印度之一大洲包括印度東南岸地宋代之注輦（Čuliyan）元代之馬八兒（Maabar）昔皆在其境內此所言者乃此州之都會亦名曼噠喇薩阿里敏番疑指阿剌璧

人從英語 Arabian 之對音。亦海國聞見錄之阿黎米也。人惟當時經商於印度者。多吧兒西(Parsi)人波斯火祆教徒之東遷者也。瀛涯勝覽榜葛剌條云國語皆從榜葛里(Bangali)自成一家語言。說吧兒西語者亦有之。具見吧兒西人之勢力。殆淸高誤以吧兒西人爲阿剌壁人。印度東南海岸土人多 Telugu 種。此云土番名雪那哩。未詳何所本。明呀喇(Bengal)境內 Orissa 區。卽武備志航海圖之烏里舍。古名烏茶(Odra)。有土人名 Savara 殆爲此雪那哩之對音歟。

曉包補旣處曼噠喇薩孟買兩地間。似指 Haidarabad 國。

笨支里在曼噠喇薩西南。爲佛郎機所轄地。由曼噠喇薩陸行約四五日。水行約日餘卽到。土產海參、魚翅、訶子、棉花、猳梭豕。內山亦屬曉包補。

笨支里。海國聞見錄作房低者里。今法屬之 Pondicherry。此佛郎機指法蘭西。本書有專條。

呢咕叭當國。在笨支里西嶺。介中疆域甚小。土番名耀亞。

呢咕叭當。今 Negapatam。梵語名 Nagapattana。大唐西域求法高僧傳無行傳作那伽鉢亶那。宋時注輦傳有那勿丹山。疑指此國。海國聞見錄作呢顏八達耀亞。應是爪哇(Java)之訛譯。印

度東南岸之土番何至爲爪哇人是亦淸高傳聞未審之一事西嶺今錫蘭島見後條

西嶺在笨支里少北又名咕嚕幕由笨支里水路約六七日陸路約二旬可到爲荷蘭所轄地土番名高車子風俗與明呀喱略同內山爲乃弩王國土產海參魚翅棉花蘇合油海參生海中石上其下有肉盤盤中生短蒂蒂末即生海參或黑或赤各肖其盤之色豎立海水中隨潮搖動盤邊三面生三鬚各長數尺浮沉水面採者以鉤斷其蒂撈起剖之去其穢煮熟然後以火焙乾各國俱有唯大西洋諸國不產

西嶺今 Ceylon 古稱 Simhaladvipa 義譯有法顯行傳等編之師子國音譯有大唐西域記等編之僧伽羅波斯大食人名此島曰 Silan 嶺外代答諸蕃志作細蘭宋史注輦傳作悉蘭西蘭瀛涯勝覽星槎勝覽武備志航海圖作錫蘭明史有傳英語作 Ceylon 海國聞見錄之西崙本書之西嶺疑均本此咕嚕木今 Colombo 島夷志略作高郎步又作高浪阜島在笨支里西南此誤作少北一七九六年始屬英故云爲荷蘭所轄土番乃 Singhalese 人古僧伽羅人之遺種也此云名高車子非出淸高誤記即經筆受者臆改所謂乃弩王國應指 Kandy 王國其王至一八一五年、

爲英所廢。錫蘭以產珠寶著名。元明人行紀並有記錄。海國聞見錄亦云：小白頭（印度）東西南三面皆臨大海。外懸一島曰西崙。中產大珠。此條未著錄。殆清高未常維舟其地。見聞未審也。

打冷莽柯國在西嶺西北。順東南風約二三日可到。疆域甚小。民極貧窮。然性頗淳良。風俗與上略同。沿海屬邑有地名咖補者。西洋客商皆居此。土產海參、魚翅、龍涎香、訶子。

打冷莽柯今 Travancore 屬邑名咖補。殆指 Cape Comorin。清高誤以第一字爲邑名。故謂其名曰咖補。

亞英咖在咖補西北。順風約五六日可到。爲暎咭利所轄地。土番風俗與上略同。土產棉花、燕窩、椰子、訶子。

亞英咖應是打冷莽柯境內之 Anjengo。此港之北有 Quilon。爲宋以來東西交通之名港。本書未著錄。殆清高未歷其地。

固貞在亞英咖西北。水路順風約日餘可到。爲荷囒所轄地。土番風俗與上略同。內山爲晏爹呢咖國。賓回回種類。土產乳香、沒藥、魚翅、棉花、椰子、蘇合油、血竭、砂仁、訶子、大楓子。

固貞。瀛涯勝覽星槎勝覽武備志航海圖均作柯枝。明史有傳。蓋舊譯本大食語名 Koči。而此則本英語 Cochin 也。此條及後三條之晏爹呢咖國未詳其對音。似指 Mysore 國。清高航海時東印度公司兵尙未進據 Seringapatam。此國疆域尙大也。

隔瀝骨底國在固貞北少西。水路順風約二日可到。陸路亦通。風俗與上同。土產胡椒、棉花、椰子。俱運至固貞售賣。內山仍屬晏爹呢咖。

隔瀝骨底。今 Calicut。瀛涯勝覽星槎勝覽武備志航海圖均作古里。明史有傳。

馬英在隔瀝骨底北少西。水路順風約二日可到。爲佛郎機所轄地。土產風俗與上略同。內山亦屬晏爹呢咖。

馬英。今法屬 Mahé 城。

打拉者在馬英西北。陸路相去約數十里。爲嘆咭利所轄地。土番風俗亦與上同。土產胡椒、海參、魚翅、淡菜。內山仍屬晏爹呢咖。

打拉者。今 Talatcheri 城。其西北有下里(Hili) 城。明代載籍著錄。今廢。

嗎喇他國。在打拉者西。疆域自東南至西北。長數千里。沿海邊地分爲三國。一小西洋。一盂婆羅。一麻倫呢。爲回回種類。凡拜廟。廟中不設主像。唯于地上作三級。取各花瓣徧撒其上。羣向而拜。或中間立一木椎。每月初三各于所居門外向月念經。合掌跪拜稽首。土產棉花、胡椒、魚翅、鴉片。

大唐西域記卷十秣羅矩吒條有秣剌邪 (Malaya) 山。因是印度西南海岸名稱 Malayavara 波斯大食人一轉而爲 Malaya-bar。歐羅巴人再轉而爲 Malabar。嶺外代答大食諸國條云。「有麻離拔國。廣東自中冬以後發船。乘北風行約四十日。到地名藍里 (Lamuri)。至次冬再乘東北風六十日順風方到。元祐三年（一〇八八）十一月。大食麻囉拔國遣人入貢。即此麻離拔也。」是爲宋代載籍著錄之名。則此嗎喇他或爲嗎喇把之誤。然昔嗎喇把境南抵俱蘭 (Quilon)。而本條僅分三國。則亦得爲 Maratha 之對音。蓋繁殖印度南部西北界之部落也。小西洋即葡萄牙人之臥亞 (Goa)。盂婆羅即 Vengurla。麻倫呢即 Malwan。後各有專條。

小西洋在嗎喇他東南沿海邊界。由打拉者向北少西行。經嗎喇他境約六七日到此。爲大西洋所轄地。疆域約數百里。土番名盈丟。奉蛇爲神。所畫蛇有人面九首者。婚嫁與明呀哩同。死則葬于土。每年五月男女俱下河洗浴延番僧坐河邊女人將起必以兩手掬水洗僧足僧則念咒取水灑女面然後穿衣起又有蘇都嚕番察里多番咕嚕米番三種多孟婆囉國人西洋人取以爲兵其風俗與盈丟略同西洋番居此者有二萬人土產檀香魚翅珊瑚犀角象牙鮑魚謝清高云昔隨西洋番舶到此時船中有太醫院者聞其妻死特遣土番齎札回大西洋祖家請于國王以半俸給其家養兒女是知此地亦有陸路可通大西洋也

小西洋卽利瑪竇坤輿全圖之臥亞(Goa)爲 Bijapur 國之海港一五一〇年葡萄牙人略據之後爲耶穌會士東來之要站大西洋指葡萄牙盈丟乃印度(Hindu)之別譯南印度有 Kuruba 部落疑卽本條之咕嚕米番孟婆囉見後條

孟婆囉國在小西洋北山中由小西洋水路順風約日餘可至國境王都在山中以竹爲城疆域亦數百里風俗與小西洋同土產檀香犀角

孟婆囉應是 Vengurla 今地圖亦作 Vingoorla 所謂王都應指 Maratha 酋長所居之 Saw-antwari 清高航海時此港尚未屬英至一八一二年時始由酋長割讓據此以觀嗎喇他應指此

Maratha 也。

麻倫呢國在孟婆囉北水路順風約日餘可到疆域風俗與孟婆囉同土產海參、魚翅、鮑魚二國所產貨物多運至小西洋埔頭售賣。

麻倫呢今 Malwan 港。

盎叽哩國在麻倫呢北少西水路順風一二日可到疆域風俗與小西洋略同土產洋葱其頭寸餘熟食味極清甜瑪瑙、棉花、鴉片內山亦屬嘜包補自曼噠喇薩至唧肚土番多不食豬牛羊犬唯食雞鴨魚蝦男女俱戴耳環。

盎叽哩今 Janjira。

孟買在盎叽哩北少西相去約數十里爲暎咭利所轄地有城郭土番名叭史顏色稍白性極淳良家多饒裕暎咭利鎮此地者有數千人土產瑪瑙、大葱、棉花、阿魏、乳香、沒藥、魚膏、魚翅、鴉片、番鹹、棉花最多亦小西洋一大市鎮也鄰近嗎喇他盎叽哩嘜包補唧肚諸國多輦載貨物到此貿易其內山亦屬嘜包補。

孟買今 Bombay 海國聞見錄作網買一六六一年始隸英先是其附近之 Thana 港頗著名叺史疑爲 Parsi 之對音瀛涯勝覽榜葛刺條作吧兒西乃波斯之火祆教徒東遷至印度者非孟買土著特其地商業操自此輩手故清高誤以其爲土番

**蘇辣在孟買北水路約三日可到亦暎咭利所轄土番名阿里敏土產同上**

蘇辣今 Surat 城海國聞見錄作蘇喇大唐西域記卷十一有蘇刺侘(Surastra)國卽其古地亦爲城名之所本惟蘇刺侘古都西據莫醯 (Mahi) 河而今城在 Tapti 河上似非古都所在之地阿里敏卽 Arabian 人

**淡項**原注讀平聲**在蘇辣北水路約日餘可到爲西洋所轄土產同孟買**

淡項對音未詳蘇辣北之大港僅有 Broach 可以當之其地卽大唐西域記之跋祿羯呫婆國然清高所言之方向多不可恃如西嶺今錫蘭也謂在笨支里 (Pondicherry) 少北則此淡項之方向或亦有誤案後條之唧肚似除 Kathiawar 半島莫屬清高謂在淡項北殆清高航行時不辨方位誤西行作北行則此淡項或亦在 Kathiawar 半島中考賈耽通海夷道有提颶國卽半島

南岸之 Diu 港，今尚屬葡萄牙。與清高言爲西洋所轄之語合，則淡項似即此 Diu 也。
喞肚國在淡項北，疆域稍大，由淡項水路順風約二日可到，風俗民情與盎叽哩諸國略同，土產鴉片、海參、魚翅，俱運往蘇辣孟買販賣，自明呀喇至此，西洋人謂之哥什嗒，我總稱爲小西洋，土人多以白布纏頭，所謂白頭鬼也，遇王及官長蹲身合掌上于額，俟王及官長過，然後起，子見父母亦合掌于額。平等相見亦如之，其來中國貿易俱附暎咭利船，本土船從無至中國，中國船亦無至小西洋各國者。自此以西，海波汹湧，一望萬里，舟楫不通，淺深莫測，沿海諸國不可得而紀矣。海國見聞謂小西洋西南皆烏鬼國，延袤萬里，直趨西南海中，小西洋與大西洋海道不能直通，實爲烏鬼國所阻，與謝清高所述互異，余止錄所聞于謝清高者，以俟博雅之考核，不敢妄爲附會也。其喞肚內山則爲金眼回回國，聞其疆域極大，不與諸國相往來，故其風俗土產亦不可得而紀也。

喞肚國殆指 Kathiawar 半島。清高所至之港，似非元代之須門那 (Somnath)。此港距 Diu 甚近。無需順風二日程，殆爲半島西南岸之另一港。哥什嗒本海國聞見錄葡萄牙語稱海岸曰 costa 即其對音也。清高既誤西爲北，必亦誤南作西。此云自此以西海波汹湧，一望萬里，舟楫不通，蓋指其南之印度洋海國聞見錄云「西洋人來中國者謂中海(地中海)阿黎米也(阿剌壁半島)之地西聯烏鬼(非洲)陸地處恨不能用刀截斷卽於中海可通阿黎米也內海(紅海)而出小西洋戈什嗒(印度洋沿岸)至亞齊(蘇門答剌島西北部)出茶盤(Anamba or Natuna)何用繞極西極西南極東南而至噶喇吧(爪哇)北上茶盤遠近相去年餘之遠也」「一言印度洋一言大西洋並無牴牾也清高曾循妙哩士(Maurice)島峽山(利瑪竇地圖作大浪山今好望角)散爹哩(Saint Helena)島而至葡萄牙足跡已履西洋特未知西洋諸國卽在印度之西故後此所言西洋諸國迷離不明

## 卷中

柔佛國在舊柔佛對海。海中別一島嶼也。舊柔佛番徙居於此。周圍數百里。由白石口南行約半日即到。土番爲無來由種類。性情兇暴。以劫掠爲生。土產檳榔、膏沙、藤、椰子、冰片。

柔佛今 Johoré 南海語稱胡戎國。Hujong tanah 猶言地極。島夷志略彭坑 (Pahang) 吉蘭丹 (Kelantan) 丁家盧 (Trengganu) 等條後有戎國。似指古之柔佛。藤田豐八校注曾有此假定。然未能考其對音之所本。且附會其爲梁時頓遜。假說雖是。根據則誤矣。此國昔亦隸三佛齊。明初屬滿者伯夷。後屬滿剌加。一五一一年葡萄牙人取滿剌加。滿剌加國王避居今之柔佛。十八世紀時因鄰國侵入。又遷於龍牙 (Linga & Riau) 諸島。置長官一人於柔佛留守。後英人承認長官爲柔佛王。都 Johore Bharu 隔柔佛峽 (Selat Tebrau) 與新嘉坡島相對。新嘉坡本書卷上作舊柔佛。原隸柔佛國。一八一九年割讓與英。

霤哩國在柔佛西南海中。別峙一大山。不與柔佛相連。由柔佛渡海而南行約日餘可到。疆域約數百

里風俗土產與柔佛同土番較強盛。潮州人多貿易于此海東北爲琴山徑

霤哩殆指今之 Riau 島考 Pasey 諸王史載一四七五年滿者伯夷滅亡時所領諸國有 Riyu 國即此島也(Journal Asiatique, 4e serie, t. VII. 1846. p. 544.)

錫哩國在霤哩西北疆域風俗與霤哩同由霤哩買小舟沿海行約四日可到海東北爲麻六甲由此又西北行約二日仍經紅毛淺土產魚脯、冰片、椰子、胡椒

錫哩未詳按方位似在 Bangkalis 一帶不得爲蘇門答剌島東北岸之碟里(Deli)也

大亞齊國在錫哩西北疆域稍大由紅毛淺外海西北行日餘即到由國都向西北陸行五六日水路順風一二日則至山盡處俱屬大亞齊風俗與無來由各國同海東北岸爲沙喇我國山盡處則與新埠斜對土產金、冰片、沙藤、椰子、香木、海菜

滿者伯夷國破滅後諸屬國分立蘇門答剌北部今Achin一帶有亞齊國國勢似較強據 Journal of Straits branch of the Royal Asiatic Society, no 31 pp. 123-130 載此國國王 Iskandar Muda 致英國國王書列舉屬國三十除蘇門答剌外馬來半島彭亨等國亦隸亞齊書

後題回曆一〇二四年當西曆一六一五年．國王自稱曰亞齊（Ačeh）蘇木答剌（Sumutra）國王．則明史謂蘇門答剌後改爲啞齊．不盡出於附會也．此國首見島夷志略重迦羅條．譯名作亞崎．沙喇我、新埠本書卷上別有專條．

呢咕吧拉西南海中孤島也．由亞齊山盡處北行少西．順風約十一二日可到．土番俱野人．性情淳良．日食椰子熟魚．不食五穀．閩人居吉德者．常偕吉德土番到此採海參及龍涎香．其海道亦向西北行．約旬日可到．由此又北行．約半日許有牛頭馬面山．其人多人身馬面．是食人．海艘經過俱不敢近．望之但見雲氣屯積．天日晴朗．遙見山頂似有火燄焉．又北行旬日．卽到明呀喇海口．若向北少西行．順風六七日可到曼噠喇薩．

呢咕吧拉今 Nicobar 羣島．Tanjore 城一〇五〇年碑文作 Nakkavaram．波斯大食人名 Nagabara．亦作 Langabalus．大唐西域求法高僧傳作裸人國．元史之南旺．疑亦指此島．明代載籍皆作翠藍嶼．閩人居吉德者．常偕吉德土番到此．足以證明本書之吉德得爲義淨之羯茶．淨記其行程云．從羯茶北行十日餘．至裸人國．更半月許．望西北行．遂達耽摩立底．本條云海道向西北行．

約旬日可到。又北行旬日卽到明呀喇海口。互相印證。若合符節。蓋耽摩立底（Tamluk）卽在明呀拉（Bengal）海口 Hugli 江中也。牛頭馬面山殆指 Andaman 羣島。諸蕃志作晏陀蠻。瀛涯勝覽作桉篤蠻。武備志航海圖作安得蠻島。人蠻野。殆因此以人身馬面擬之。曼噠喇薩今 Madras 卷上有專條。

小亞齊國。一名孫支。在大亞齊西。由大亞齊西北行。經山盡處轉東南行。約日餘可到。疆域亦數百里。風俗與大亞齊同。土產金沙、藤、胡椒、椰子、冰片。

小亞齊應爲蘇門答剌西北角之南巫里。大食人之 Lamuri。自宋以來卽爲波斯灣東來船舶住冬之所。嶺外代答作藍里。諸蕃志作藍無里。島夷志略作喃哑哩。瀛涯勝覽作南浡里。武備志航海圖有南巫星。誤里作星。

蘇蘇國。在小亞齊南。水路順風約二日卽到。疆域風俗土產與小亞齊同。

蘇蘇對音未詳。此國應在蘇門答剌西岸。呢是國條既謂呢是在蘇蘇叭當二國之西。則蘇蘇應在 Sibolga 一帶。

叭當國。在蘇蘇東南水路順風亦二日可到。疆域風俗土產均與上略同。海西別有一島爲呢是國。

叭當今 Padang 呢是見後條。

呢是國又名吒德在蘇蘇叭當二國之西海中獨峙一山。民似中國而小。常相擄掠販賣。出入必持標鎗。懼礮火。不食五穀。唯以沙穀米合香蕉煎食。年老者子孫則抱置樹杪。環其下而搖之。俟跌死而後已。其滅絕倫理至於此極。豈其性然耶。亦未沐聖人之化。無以復其初也。自此以西海中多大石。風濤險阻。難以通行。故大西洋海船往小西洋各國貿易。必由叭當之西。呢是之東。

呢是今 Nias 島。哇德殆爲 Batu 之對音。島在呢是之南。非同島而異名也。蘇門答剌西岸諸島土番與蘇門答剌北部內地之 Battak 部落相近。此 Battak 卽瀛涯勝覽星槎勝覽著錄之花面王國。或那孤兒部落。蘇門答剌西岸島嶼連接。據清高語可知當時葡萄牙船舶赴臥亞者出孫他(Sunda)峽。沿岸西北行而出印度洋。並參看本書噶喇叭條。

茫（原注讀莫涙切）咕嚕在叭當東水路順風約五六日可到。陸路亦通。但山僻多盜賊。故鮮有行者。沿海都邑近爲暎咭利所奪。國王移居山內。然暎咭利居此者不過數十人。敍跛兵數百而已。土產海參、丁香、豆蔻、胡椒、椰子、檳榔。

茫咕嚕。海國聞見錄作萬古屢。馬來語作 Benkulu。見大亞齊條註引亞齊國王致英王書列舉之屬國名。今蘇門答剌西南岸之 Bengoolen 也。爲英人奪據已百餘年。至一八二四年始以此地與荷蘭人。易麻六呷。一八一一年時。英人曾暫時奪據蘇門答剌。一八一六年始還荷蘭。清高航海時。英人尚未佔據此島。乃本條云沿海都邑近爲暎咭利所奪。殆後來得諸耳聞者也。

舊港國。卽三佛齊也。在茫咕嚕東。疆域稍大。由茫咕嚕東南行約三四日。轉北入噶喇叭峽口。順風行半日方出峽。峽東西皆舊港國疆土。峽西大山名網甲。別峙海中。山麓有文都。上盧寮。下盧寮。新港等處。山南復有二小島。一名空殼檳榔。一名朱麻哩。皆產錫。閩粵人到此採錫者甚衆。文都有暎咭利鎮守。而榷錫稅。凡採錫者俱向借資斧。得錫則償之。每百觔止給洋銀八枚。無敢私賣。國王所都在峽西。由文都對海入小港。西行四五日方至。亦有荷蘭鎮守。兩岸居民俱臨水起屋。頗稱富庶。國王殿廷爲三級。每日聽政。王坐於上。次列各酋長。庶民爭訟者俱俯伏於下。體制嚴肅。而民性兇惡。多爲盜賊。不知尊中國。而畏荷蘭暎咭利如虎。凡有誅求。無敢違抗者。無來由番皆然。不獨此國也。土產金、錫、沙藤、速香、降香、胡椒、椰子、檳榔、冰片、水鹿。

南海古有大國自唐以來稱霸南海。明洪武時始爲滿者伯夷破滅。此國梵名 Srivijaya。唐譯作室利佛逝。宋譯作三佛齊。其中心在今 Palembang。諸蕃志譯名作巴林馮。瀛涯勝覽譯名作浡淋邦。然在島夷志略中已始稱舊港。嗣後其地常以舊港名。茫咕嚕見前條。噶喇叭峽今孫他（Sunda）峽。網甲今 Banka 島。島夷志略作彭家。武備志航海圖作彭加山。文都今 Muntok。朱麻哩疑是 Toboadi。文都對海之小港應是 Musi 河。

龍牙國在舊港北。由峽口水路到此順風約三日。由此北行日餘則爲柔佛。西北行日餘則至霤哩。此山多木。大者數十圍。中華洋船至此多換桅柁。凡霤哩、錫哩、大小亞齊、蘇蘇、叭當、茫咕嚕、舊港、龍牙、九國實同此一山。皆無來由種類。唯大亞齊蘇蘇氏稍淳良。餘俱兇惡以盜劫爲生涯。凡無來由各國俱產黑燕窩、速香、降香、鷄骨香、檳榔、椰子、海菜。

龍牙國今 Linga 島。諸蕃志三佛齊條有凌牙門。島夷志略武備志航海圖並有龍牙門。蓋峽以島名也。霤哩條引 Pasey 諸王史滿者伯夷諸屬國中有 Linga 國。島夷志略龍牙門條云「舶往西洋本番置之不問回船之際至吉利門(Karimon)舶人須駕箭棚張布幕利器械以防之賊舟二三百隻必默來迎戰數日若僥倖順風或不遇之否則人爲所戮貨爲所有則人死係乎頃刻之間也」具見島人鈔掠由來已久葡萄牙海舶不出麻六呷峽而出孫他峽殆爲此也

噶喇叭在南海中爲荷蘭所轄地海舶由廣東往者走內溝則出萬山後向西南行經瓊州安南至崑崙又南行約三四日到地盆山萬里長沙在其東走外溝則出萬山後向南行少西約四五日過紅毛淺有沙坦在水中約寬百餘里其極淺處止深四丈五尺過淺又行三四日到草鞋石又四五日到地盆山與內溝道合萬里長沙在其西溝之內外以沙分也萬里長沙者海中浮沙也長數千里爲安南外屏沙頭在陵水境沙尾卽草鞋石船誤入其中必爲沙所湧不能復行多破壞者遇此須取木板浮于沙面人臥其上數日內若有海舶經過放三板拯救可望生還三板海舶上小舟也舟輕而浮故沙上可以往來若直立而待數刻卽爲沙掩沒矣七洲洋正南則爲千里石塘萬石林立洪濤怒激船若誤經立見破碎故內溝外溝亦必沿西南從無向正南行者由地盆山又南行約一日到網甲經噶喇叭峽出峽口又南行過三洲洋約三日到頭次山卽噶喇叭邊境也上有中華人所祀土地祠又行二

十餘里。到海次山有數島。一以居中華之爲木工者。一爲瘋疾所居。一爲罪人絞死之所。俗呼爲吊人山。其餘皆以囤積貨物。凡木工多用風鋸。其製先爲一板屋。令四柱皆活。可隨意遷轉。取大木一。長於板屋數尺。圓以爲軸。橫穿左右兩壁。鐵環之。以軸納其中。兩端出於壁外。以一端爲輪。輪十六輻。分兩層環植於軸。內層與外層各八。相間尺餘。其長數尺。編竹篾以爲帆。帆有八。斜張於內外輻上。以乘風。兩輻則張一帆。其長視輻。寬則較內外輻之縱而定其尺寸。上復幕以布帆。帆乘風而輪轉。則軸隨之而轉。布帆則視風之疾徐。以爲舒卷。疾則卷。徐則張。屋內軸上環以數鐵鋸。架木於鋸端。以石壓之。鋸隨軸轉。則木自裂矣。所以活屋之四柱。而任意遷徙者。欲以乘八風也。過海次山則至噶喇叭。山山縱橫千里。有城郭砲臺。南海中一大都會也。本荷蘭所轄地。後暎咭利師侵而奪之。荷蘭行成。仍命管理。而歲收其貢稅焉。荷蘭畨鎮守此地者。三四千人。又有烏畨兵數千。凡荷蘭分守南洋及小西洋各國者。俱聽噶喇叭差官調遣。土畨亦無來由種類。俗尚奢靡。宮室衣服器用俱極華麗。出入皆用馬車。與明呀喇布路檳榔息辣各處相同。而噶喇叭爲尤盛、中國、無來由、大西洋小西洋各國。莫不罄珍寶貨物商販於此。中華人在此貿易者。不下數萬人。有傳至十餘世者。然各類自爲風氣。不相混也。民情兇暴。用法嚴峻。中華人有毆荷囒番者法斬手。戲其婦女者法絞。烏番兵俱奉天主教。死則葬于廟。荷囒番死。則葬於墳園。土番風俗與太呢咭囒丹各國同。土產落花生、白糖、丁香、咖嗟子、蔗、燕窩、帶子、冰片、麝香、沉香。

噶喇叭。明史和蘭傳作咬𠺕吧。安南人行紀作江流波。今爪哇都會巴達維亞 (Batavia) 也。萬里長沙及千里石塘。諸蕃志海南條作千里長沙萬里石牀。元史史弼傳武備志航海圖皆有萬里石塘。海國聞見錄始作萬里長沙千里石塘。殆爲七洲 (Paracels) 島以南之 Macclesfield Banks 諸礁。諸書言此礁者皆無如本條之詳。可並參看小呂宋條地盆山得爲 Natuna 島。網甲今 Banka 島。巳見舊港條。本條之噶喇叭峽。似非孫他 (Sunda) 峽。而爲網甲島東西兩岸海峽。頭次山海次山應均在巴達維亞之北。蓋下文云。經噶喇叭峽。南行過三洲洋。約三日到頭次山。卽噶喇叭邊境。又行二十餘里到海次山。過海次山則至噶喇叭。山縱橫千里。有城郭砲臺。南海中之一大都會也。所經海峽疑爲 Gaspar 峽。頭次等山疑爲 Thousand 等島。明呀喇。布路檳榔 (新埠)。息辣 (舊柔佛)。太呢。咭囒丹。本書各有專條。

萬丹國。在噶喇吧南。疆域甚小。與噶喇吧同一海島。由噶喇吧陸路南行三四日可到。亦無來由種類。風俗與噶喇吧同。土產珍珠。佳紋席極佳。國南臨大海。海中有山層巒疊巘。萃兀崚嶒。時有火燄。引風飄忽。入夏尤盛。俗呼為火燄山。蓋南方秉離火之精。是山又居其極。故火氣蒸鬱。乘時發露焉。西洋番云。其國常有船至此者。船中人上山探望。攀危躡險。遙見山番穴處而食生魚。覺人窺伺。噪而相逐。搴趨而逃。後者輒為所殺。爭生食之。比回船。僅存十六人。急掛帆而遁。自此無敢復至者。

萬丹在巴達維亞西。今 Bantam 也。爪哇島西部土人為孫他（Sunda）人。爪哇與印度之混血種也。南海一帶火山甚多。如地以 Gonung Api（此言火山）或 Tanjung Api（此言火岬）名者。不止一處。本條所言之火山。殆在萬丹附近。萬丹深山內有 Badoejs 部落。殆為本條所言之山番。

尖筆闌山。在地盆山東少南。南海中小島也。周圍百里。有土番數百人。亦無來由種類。尖筆闌者。華言九也。山有九峰。故土番呼為尖筆闌。由地盆山東行約二日可到。山西北即千里石塘。土產檳榔、椰子、冰片。

馬來語 Pulo Sembilan 此言九島。南海中島以九名者。不止一處。星槎勝覽有九洲山。在馬來半島之霹靂（Perak）河口。此九島之見於明人紀載者也。本條之九島。疑指 Tambelan 島。然此島在 Natuna 島之南少西。據此以考地盆山之方位。或爲 Anamba 島而非 Natuna 島也。

咕噠國。疑卽古志所稱爪哇也。在尖筆蘭山東南海中。別起一大山。迤邐東南長數千里。十數國環據之。或謂之息力大山。此其西北一國也。由尖筆蘭東南行。順風約二三日可到。王居埔頭。有荷蘭番鎭守。由埔頭買小舟沿西北海順風約一日到山狗王。原註地名 爲粵人貿易耕種之所。由此登陸東南行一日到三劃。又名打喇鹿。其山多金。內山有名喇喇者。有名息邦者。又有烏落及新呢黎各名。皆產金。而息邦金爲佳。皆咕噠所轄地。

此條以下七地與後之文來。皆在 Borneo 島中。此島自唐以來名稱渤泥。明人擬爲婆羅。已非此條又訛爲爪哇。亦誤。息力大山應指西部之 Saribu saratu 大山。馬來語猶言一千一百山也。咕噠名稱不知何所本。馬來語 kota 猶言寨。馬來語地名常用此字冠于名首。如 kota Bharu 之類。淸高殆誤以此爲國名歟。抑渤泥島東部有 Kutai 河。淸高譯名本於此歟。然本條所謂咕噠國就方位言應在三劃（Sambas）之西北就王居埔頭言應是崑甸（Pontianak）皆在浡泥島西部不得謂咕噠對音本於 kota 或 Kutai 也尖筆蘭山前註已假定爲 Tambelan 島山狗王今 Singkawang 港三劃今 Sambas 餘俟考

吧薩國一名南吧哇在咕噠東南沿海順風約日餘可到地不產金中華人居此者唯以耕種爲生所轄地有名松柏港者產沙藤極佳亦有荷蘭鎮守

南吧哇今 Mampawah 在山狗王之南

崑甸國在吧薩東南沿海順風約日餘可到海口有荷蘭番鎮守洋船俱灣泊於此由此買小舟入內港行五里許分爲南北二河國王都其中由北河東北行約一日至萬喇港口萬喇水自東南來會之又行一日至東萬力其東北數十里爲沙喇蠻皆華人淘金之所乾隆中有粤人羅方伯者貿易于此其人豪俠善技擊頗得衆心是時常有土番竊發商賈不安其生方伯屢率衆平之又鱷魚暴虐爲害居民王不能制方伯爲壇於海旁陳列犧牲取韓昌黎祭文宣讀而焚之鱷魚遁去華夷敬畏尊爲客長死而祀之至今血食不衰云

崑甸。今 Pontianak 在 Kapuas 河或崑甸河口。萬喇今 Melavi 河。羅方伯方亦作芳。事蹟首見本書。方伯建國於乾隆四十二年（一七七七）。歿於乾隆六十年（一七九五）。適在清高航海之時。可參考禹貢第六卷第八九合期羅香林撰羅芳伯所建婆羅洲坤甸蘭芳大總制考。

萬喇國。在崑甸東山中。由崑甸北河入萬喇港口。舟行八九日可至。山多鑽石。亦有荷蘭番鎮守。

萬喇今 Melavi

戴燕國。在崑甸東南。由崑甸南河向東南遡洄而上。約七八日至雙文肚。即戴燕所轄地。又行數日至國都。乾隆末國王暴亂。粵人吳元盛因民之不悅。刺而殺之。國人奉以爲主。華夷皆取決焉。元盛死。子幼。妻襲其位。至今猶存。

戴燕。今 Tayan 在崑甸河北。吳元盛王戴燕事。亦首見於本書。可參考崑甸條注引蘭芳大總制考。戴燕對岸之 Melaui 疑爲明史之貓里務。

卸敖國。在戴燕東南。由戴燕內河逆流而上。約七八日可至。

卸敖。今 Seladau 在崑甸河南。

新當國。在卸敖東南。由卸敖至此。亦由內河行約五六日程。聞由此再上將至息力山頂。有野人。皆鳥首人身云。自戴燕至山頂。皆產金。山愈高金亦愈佳。特道遠至彼者鮮。故其金歲不多得。自咕噠至萬喇迪山相屬。陸路通行。閩粤到此淘金沙鑽石及貿易耕種者。常有數萬人。戴燕卸敖新當各國。亦有數百人。皆任意往來。不分疆域。唯視本年所居何處。則將應納丁口稅餉。交該處客長。轉輸荷蘭而已。其洋船凳頭金。亦荷蘭征收。本國王祇聽荷蘭給發。不敢私征客商也。華人居此多娶妻生育。傳至數世者。其婦女淫亂。不知廉恥。唯衣服飲食稍學中國云。土番皆無來由種類。以十二月爲一歲。不計閏。每歲將終。國中無貴賤老幼。皆禁煙一月。日中唯閉戶安寢。夜靜始舉火具食。念經徹旦。其聲極哀。平時則七日一禮拜。國王亦然。別築禮拜亭。至期王及酋長有職事者。咸集其中。王坐於上。羣酋列坐其下。念經終日而後散。民居多板屋三層。約束女子甚嚴。七八歲卽藏之高閣。令學針黹。十三四歲則贅壻。然必男女自相擇配。非其所願。父母不能強也。合婚之夜。卽以所居正室爲新郎臥房。女父母兄弟俱寢於前室。女若不貞。壻嘗立行刺殺。或並殺其父母兄弟而去。無敢相仇者。夫婦居屋無被褥。唯以寬幅布長丈餘。或用絲綢縫兩端。同寢其中。作合歡睡。終其身無相背而寢者。其女亦無嫁中華人者。

以不食豬肉。恐亂其教也。其男子若出海貿易。必盡載資財而行。妻妾子女在家。止少留糧食而已。船回則使人告知其家。必其妻親到船接引。然後回。否則以爲妻妾棄之。卽復張帆而去。終身不歸矣。所穿沙郎水幔。貧者以布。富者則用中國絲綢。織爲文彩。以精細單薄爲貴。王女不下嫁臣庶。唯兄弟相爲婚。王自稱曰亞孤。國人稱王曰斷孤。稱王兄弟叔姪亦曰斷孤。但連其名而稱之。子稱父曰伯伯。稱母曰妮。（原註讀泥馬切）弟稱兄曰亞王。兄稱弟曰亞勒。謂婦人曰補藍攀。謂女子曰吧喇攀。謂夫曰瀝居。謂婦曰米你。自稱其子曰亞匿瀝居。稱其女已嫁者曰亞匿補藍攀。在室者曰亞匿吧喇攀。稱姪及孫俱曰就將。稱姊如兄曰亞王。而加補藍攀吧喇攀。以別出嫁在室者。稱妹曰亞勒。亦如弟。其出嫁在室亦加補藍攀吧喇攀以別之。謂汝曰魯。自稱曰哇。頭謂之呷哈喇。手謂之打岸。足謂之卡居。眼謂之麻打。耳謂之鼓平。鼻謂之氣龍。口謂之靡律。凡稱一爲沙都。二爲路哇。三爲低隔。四爲菴叭。五爲黎壓。六爲安（原註讀阿歡切）喃。七爲都州。八爲烏拉班。九爲尖筆蘭。十爲十蒲盧。百爲沙喇殺。（原註都律切）千爲沙哩無。萬爲沙瀝沙。凡食謂之馬干。飯謂之拏敍。酒謂之阿瀝。菜謂之灑油。米謂之勿辣。穀謂之把哩。豆謂之咖將。銀謂之杯（原註讀比耶切）瀝。金謂之亞末。銅謂之打幔呀。鐵謂之勿西。錫謂之帝嗎。錢謂之卑筆。中國所用番銀。

則謂之連。無來由各國大略相同也。其民尙利好殺。雖國王亦嘗南塘一出。王薨則以布束其屍棺。擇地爲園陵。以得水爲吉。不封不樹。山中獠子極盛。唯各據一方。不敢逾越。稍有遷徙。輒相殘滅。故雖强盛而見無來由荷蘭及中華人。皆畏懼。不敢與爭。恐大兵動無所逃遁也。中華人初到彼。所娶妻妾皆獠子女。其後生齒日繁。始自相婚配。鮮有以獠女爲妻者矣。獠性尤兇暴。喜殺。得人首級則歸懸諸門。以多者爲能云。各國俱產冰片、燕窩、沙藤、香木、胡椒、椰子、藤席。

新當今 Sintang。在崑甸河南。息力山見咕噠條。山頂野人與後之獠子。應皆爲浡泥島中之 Dayak 部落。無來由 (Malayu) 人居沿海。Dayak 人居內地。土番非皆無來由種也。島人奉回教。故所誌多回教風習。所引馬來語數十字。大致不差。茲略舉若干。以供對照。馬來語王自稱曰 aka。國人稱王曰 tuan aka。父曰 bapa。母曰 mak。婦人曰 parampuan。夫曰 laki suami。子曰 anak laki laki。女曰 anak parampuan。謂汝曰 tu。自稱曰 sahya。頭曰 kapala。手曰 tangan。足曰 kaki。眼曰 mata。耳曰 kuping。一爲 satu。二爲 duwa。三爲 tiga。四爲 empat。五爲 lima。六爲 anam。七爲 tujuh。八爲 delapan。九爲 sembilan。十爲 sa puluh。百爲 saratu 千爲 saribu 萬爲 sa laksa 食曰 makan 酒曰 anggor 菜曰 sayur 米曰 bras 穀曰 padi 銀曰 perak 金曰 mas 銅曰 tembaga 鐵曰 besi 僅自稱語、酒、金數字不同而已。

馬神在崑甸南少東由崑甸沿海順風東南行約二日經戴燕國境又行二三日到此疆域風俗與上略同土產鑽石、金、藤席、香木、豆蔻、冰片、海參、佳紋席、猩猩、藤席。既佳鑽石即金剛沙產此山者色多白產亞哔哩隔者色具五采。大者雖黑夜置之密室光能透徹諸番皆寶之一顆有值白金十餘萬兩者西洋人得極大者奉爲至寶雖竭貲購之不惜也小者則以爲鑽用治玉石玻璃堅無不破獨畏羚羊角云山中有異獸不知其名狀似猴見人則自掩其面或以沙土自壅。

馬神今 Banjarmasin 明史之文郎馬神殆指此地亞哔哩隔今 America 也。

蔣哩悶原注讀去聲在馬神東南沿海順風約二日可到疆域稍狹風俗土產與鄰國同。

蔣哩悶在爪哇島北今 Cheribon 也。

三巴郎國在蔣哩悶南少東海道順風約二三日可到疆域頗大閩粵人至此者亦多土產沉香、海參、沙藤、燕窩、蜜蠟、冰片、蔗。以上三國皆無來由種類爲荷蘭所轄即在噶喇叭東北。

三巴郎亦在爪哇島北岸。今 Samarang。華僑附會鄭和事蹟。而名之曰三寶壠。

麻黎國在三巴郎東南。疆域同三巴郎。沿海順風約四五日可到。土番名耀亞。人多貧窮而甚勤儉。風俗淳厚。異於無來由。男女俱穿彩衣。無鈕。以繩束之。下體不穿褲。圍以長幅布。男戴帽平頂。女人髻盤于左。喜花。常採各花以線穿之。掛於頸如掛珠狀。死則葬於土。無棺槨。每歲迎神賽會。舉國若狂。剪紙爲儀仗。送至水邊。盡棄之。急趨而散。不知其何爲也。娶妻亦童養。夫死不再嫁。年輕者居夫喪。亦穿吉服。至二十五歲然後鬄髮而居。二十五歲而後寡者。當時即鬄髮。既鬄髮。出必以布蒙其頭。衣不加彩。有犯姦者。事覺則衆人帶至廟中戒飭之。以水灑其面。謂之洗罪。與明呀哩俗略同。國王名耀亞王。居山中。土產珍珠、海參、燕窩、魚翅、沙藤、胡椒、沉香、冰片。

麻黎。梁時作婆利。梁書隋書新舊唐書並有傳。諸蕃志蘇吉丹條作麻籬。又作琶離。今 Bali。此島及蔣哩悶三巴郎兩地。皆爪哇種。爪哇本書作耀亞。海國聞見錄作繞阿。

茫原註讀莫滾切咖薩。在麻黎東南。沿海約四五日可到。亦耀亞種類。疆域風俗土產均與麻黎略同。二國俱用中國錢。歷代制錢俱有存者。

茫咖薩海國聞見錄作茫佳虱今 Mankassar 土人爲茫咖薩種非爪哇種

細利窪在茫咖薩東南由海道行約二三日可到沿海土番爲無來由種類內山土番爲耀亞種類耀亞王所居山名伯數奇風俗各從其類皆歸荷囒管轄三國亦與噶喇叭鄰近其貨物多歸噶喇叭售賣自咕噠至此同據息力大山西南半面而各分港門其港口皆西向由此東南行海中多亂山周圍或數百里或數十里各有山番占據多無來由耀亞二種別有一種名舞吉子富者攜眷經商所至即安無故土之思亦無一定之寓貧者則多爲盜劫其國名未能悉數也

細利窪今 Celebes 島北方土人爲 Alfurus 種南方土人爲茫咖薩 (Mankassar) 舞吉子 (Bugis) 二種謂土番爲耀亞（爪哇）種誤也本書咕噠條稱息力大山長數千里十數國環據之本條云自咕噠至此同據息力大山西南半面而各分港門其港口皆西向淸高蓋誤以咕噠以下諸國並在浡泥島上而不知蔣哩悶三巴郎在爪哇島中茫咖薩細利窪在細利窪島中麻黎又別爲一島文來 (Brunei) 位在浡泥島東北乃列於地問 (Timor) 蘇祿 (Sulu) 二國間殆依其行程先後述之非不知文來爲浡泥島中之一國也

唵悶國卽細利窪東南海中亂山之一也。萬丹南火燄山在國之西北。亦無來由種類。而性稍善良。土產丁香、豆蔻。有荷蘭番鎮守。

唵悶今 Amboina 島。美洛居 (Moluccas) 羣島中之一也。

唵門國亦亂山之一。風俗土名與唵悶同。原歸荷蘭管轄。近為英咭利所奪。

唵門殆唵悶島之 Amboin 城。土人為 Alfurus 種。

地問在唵門東南海中。別起一大島。周圍數千里。島之西南為地問。歸西洋管轄。島之東北為故邦。歸荷蘭管轄。山中別分六國。不知其名。天氣炎熱。男女俱裸體。圍水幔。而風俗淳厚。不種稻粱。多食包粟。閩粵人亦有於此貿易者。土產檀香、蠟、蜂蜜。貨物亦運往噶喇叭售賣。

地問今 Timor。諸蕃志蘇吉丹條作底勿。渤泥 (Borneo) 條又作底門。島夷志略作吉里地悶。東西洋考作遲悶。海國聞見錄作池悶。故邦今 Kupang。在島西南。不在東北。東北部之碟里 (Deli) 歸葡萄牙管轄。

文來國在細利窪西北。由細利窪東南入小港。向西北行。順風約五六日可至。由地問北行。順風七八日可至幅幁甚長中多亂山絕無居人奇禽野獸莫能名狀土番亦無來由種類喜穿中國布帛土產燕窩、冰片、沙藤、胡椒。

文來明史作文萊今浡泥島東北之 Brunei 也明史婆羅傳云婆羅又名文萊東洋盡處西洋所自起也蓋誤浡泥爲婆羅新唐書環王（占城）傳附見有婆羅謂此國在赤土西南海中就方位言應在馬來半島西南海中就對音言應作 bala 然當時無此國名則謂浡泥爲婆羅者乃出明人之附會牽合未足據也本條之小港指茫咖薩峽土番乃 Alfurus 種。

蘇祿國在文來北少西舟由文來小港順東南風約七八日可至風俗土產與文來同貨物多運往崑甸馬神售賣二國同據息力大山東北半面山中絕巘崇巖荆榛充塞重以野番占據不容假道故與西南諸國陸路不通船由廣東往者出萬山後向東南行經東沙過小呂宋又南行即至蘇祿海口由咕嚏往則須向東南行至細利窪入小港轉西北沿山行經文來然後可至其國西北大海多亂石洪濤澎湃故雖與咕嚏比鄰舟楫亦不通也

蘇祿爪哇語作 Solot 今 Sulu 也島夷志略有蘇祿條明史有蘇祿傳本條誤以蘇祿文來並在

息力大山東北其實蘇祿位在蘇祿海南與英屬浡泥隔海相對海國聞見錄云「由呂宋正南而視有一大山總名無來由息力大山山之北爲蘇祿」殆爲其誤之所本文來小港疑指 Balabac 峽從文來赴蘇祿先向東北行過峽轉東南行此云順東南風誤山中野番殆指山居之 Dayak 種遊牧部落

小呂宋本名蠻哩喇在蘇祿尖筆闌之北亦海中大島也周圍數千里爲呂宋所轄故名小呂宋地宜五穀土番爲英酉鬼與西洋同俗性情强悍樂于戰鬭呂宋在此鎮守者有萬餘人中華亦多貿易於此者但各寓一方不能逾境欲通往來必請路票歲輸丁口銀甚重土產金烏木蘇木海參所屬地有名伊祿咕者小呂宋一大市鎮也米穀尤富其東北海中別峙一山名耶黎亦屬呂宋其人形似中國其地產海參千里石塘是在國西船由呂宋北行四五日可至臺灣入中國境若西北行五六日經東沙又日餘見擔干山又數十里卽入萬山到廣州矣東沙者海中浮沙也在萬山東故呼爲東沙往呂宋蘇祿者所必經其沙有二一東一西中有小港可以通行西沙稍高然浮于水面者亦僅有丈許故海舶至此遇風雨往往迷離至于破壞也凡往潮閩江浙天津各船亦往往被風至此泊入港內可以

避風。掘井西沙亦可得水。沙之正南，是爲石塘。避風於此者，愼不可妄動也。

呂宋今 Luzon。明史有傳。因西班牙人據諸島，因名西班牙曰呂宋。呂宋曰小呂宋。蠻哩喇今 Manila。菲律賓羣島之都會也。南海語名菲律賓羣島曰 Mait。諸蕃志及島夷志略有麻逸，即其對音。伊祿咕疑是 Iloilo 港。明史佛郎機傳名西班牙曰干系臘。乃 Castilla 之譯名。海國聞見錄併新舊譯名而稱之曰干絲臘是班呀。海山仙館叢書本此條後不知何人妄註十字曰「以上屬南海。以下屬北海。」

妙哩士西南海中島嶼也。周圍數百里。爲佛郎機所轄。凡大西洋各國船回祖家。必南行經噶喇叭至地問。然後轉西少北行。約一月可到此山。無土人。其所居皆佛郎機及所用烏鬼奴。土產烏木。由此向北少西行約半月有奇。謂之過峽。一路風日晦暝。波濤洶怒。寒雪飄零。六月不息。舟人戰慄。咸有戒心。其天氣與妙哩士迥別。過峽後至一島。謂之峽山。爲荷蘭所轄。天復炎熱。但海闊風狂。波濤騰湧。舟行經此。遇風過猛。必須稍待風和而行。山亦無土人。唯荷蘭及鬼奴居之。土產梨、牛、黃。有大鳥莫知其名。其卵大數寸。由此更北行少西。順風約七八日。復至一島。名散爹哩。周圍數百里。爲暎咭利來往泊船取水之地。無土產。有暎咭利兵在此鎮守。

妙哩士今英屬 Maurice 先屬。法。亦名法蘭西島。一八一〇年英始奪據之。清高航海時尚隸法國。故云為佛郎機所轄。本書之佛郎機即今之法蘭西。非復明末之葡萄牙也。據此條。知當時歐洲海舶從中國還歐洲者。南行經噶喇叭峽 (Gaspar) 西行至妙哩士。至謂「經噶喇叭至地問而轉西」者。殆清高所附之舶。入爪哇海東行至地問 (Timor) 然後轉西出印度洋也。峽山應是好望角。利瑪竇地圖作大浪山。散爹哩即 St Helena。後此流放拿破崙之島也。

原書缺頁

# 卷下

大西洋國又名布路叽士。氣候嚴寒。甚於閩粵。由散爹哩正北行約二旬可到國境。其海口南向有二礮臺。謂之交牙礮臺。儲大銅礮四五百架。有兵二千守之。凡有海艘回國及各國船到。本國必先遣人查看有無出痘瘡者。若有則不許入口。須待痘瘡平愈。方得進港。內有市鎮七處。如中國七府。由交牙礮臺進港行數十里。到預濟窩亞。此一大市鎮也。國王建都於此。有礮臺。無城郭。又由此進則爲金吧喇。亦一市鎮。凡入中華爲欽天監及至澳門作大和尚者。多此土人。又進爲窩嚏。又進爲維𡉏。其餘爲未嚕。爲阿喇咖。爲渣彼。皆大市鎮也。人煙稠密。舟車輻輳。各有重兵鎮守。土番色白。好潔。居必樓屋。器用俱極精巧。色尚白。凡牆屋皆以灰塗飾。稍舊則復塗之。女人亦以色白者爲貴。稱王曰哩王。太子曰黎番爹。王子曰吔林西。彼王女曰吔林梭。使相國爲干爹。將軍爲嗎喇叽乍。文官有五等。一善施哩。二明你是路。三信伊于。第四東噶哩爹。五秦嗎哩噶哆。武官有九等。一果囉你呢。二爹領第果囉你呢。三薩喇生第摹喇。四巒喲。五呷吔丹。六爹領第。七阿哩梭衰。八噶爹。九波嚏巒哩。水師官亦有五等。一色嗨衰、二呷吣丹嗎喇惹喇。三呷吣丹爹領第嘵圭。四呷吣丹爹領第五爹領第嗎喇。其鎮守所屬外洋埔頭各官。即取移居彼處之富戶爲之。亦分四等。一威伊哆。掌理民間雜事。一油衣使掌理鬭爭。一爹佐理路。掌理糧稅。一油衣使亞哩乃掌理出入船艘。本國每歲別差一文一武到彼管轄疆域。大者或差三四人。每有大事則六人合議。若所差官未攜眷屬。則必俟威伊多等四人熟議。與彼處民情土風相宜。然後施行。差官不得自專。若均有室家。則聽差官主謀。土官多不與爭。謂其患難相共也。男子上衣短。衣下穿褲。皆極窄。僅可束身。有事則加一衣。前短後長。若蟬翅然。官長兩肩別鑲一物如壺蘆形。金者爲貴。銀次之。帽圓旁直而上平。周圍有邊。女人上衣亦短窄。下不穿褲。以羃圍之。多至八九重。貧者以布。富者以絲。俱以輕薄爲上。年輕則露胸。老者掩之。出必以寬幅長巾掛其首。垂至兩膝。富者更以黑紗掩其面。紗極細緻。遠望之如雲煙。其價有値二十金者。手中多弄串珠。富者則以珍珠或鑽石爲之。男女俱穿皮鞋。自國王至於庶民。無二妻者。妻死然後可再娶。夫死亦可再嫁。生女欲擇壻。男家必先計其粧奩。滿其所欲。而後許之。父母但以女不得嫁爲恥。雖竭家貲不惜也。而男之有婦與否則不復計。婚姻不禁同姓。唯親兄弟不得爲婚。寡婦再醮者雖奴婢亦相匹。凡至親爲婚者必詣教主求婚教主許然後婚。教主者廟中大和尚也。俗奉天主教。所在多立廟宇。每七日婦女俱到廟禮拜。凡娶妻。男女俱至廟聽大和尚説法。然後同歸。入贅者則歸女家。男女將議婚。父母媒妁必先告教主。教主則出示通諭俾衆共知。男女先有私約。許以情告。若有告者。卽令從其私約。雖父母莫能爭也。婦女有犯姦淫及他罪而欲改過者。則進廟請僧懺悔。僧坐於小龕中。旁開一窗。婦女跪於窗下。向僧耳語。訴其情實。僧爲説法。謂之解罪。僧若以其事告人。衆知之則以僧爲非。其罪絞。凡男女有犯法恐家主罪之者。至廟中求僧。僧若許爲解釋。以書告其家主。家主雖怒不敢復罪也。人死俱葬於廟中。有後來者則擇其先葬者掘取其骸。棄諸廟隅。而令後至者葬其處。生死皆告于廟。僧爲記其世系。然其家三代以後亦不復知其祖矣。國王立不改元。以奉天主教紀其年。每年以冬至後七日爲歲始。合計一歲而分十二月。不論月之合朔與否。故月有三十一日者。以月借日而光。爲不足法也。冬至後五十餘日。國中男女俱不肉食。謂之食齋。至四十九日而後止。將止三日。婦女徧拜各廟。謂之尋祖先。三日後。則廟僧將所藏木雕教主像置之廟堂。或置路隅。先見者則徧告以爲尋獲。次日番僧及軍民等迓置別廟藏之。大和尚出迎。穿大衣長至地。衣四角使四僧牽之。爲布幕。其長丈許。寬五六尺。用四竿擎其四角。

擇富戶四人。人執一竿。大和尚在幕下。手執圓鏡。中有十字形。儀仗軍士擁之而行。見者咸跪道旁。俟和尚過而後起。其女人亦有出家爲尼者。別爲一廟居之。而扃閉其門戶。衣服飲食俱自竇進。終其身不復出。有女爲尼。則其家俱食祿于王。父母有罪。尼爲書請乞。輕重咸赦除之。凡軍民見王及官長。門外去帽。入門趨而進。手撫其足而嗅之。然後垂首屈身拖腿。向後退數步。立而言。不跪。子見父久別者。亦門外去其帽。趨進抱父腰。父以兩手拍其背。嘴相親數四。子乃屈身拖腿。去數步。立而言。未冠則不抱腰。但趨進執父手嗅之。餘儀同。見母則母抱子腰。亦親嘴數四。子乃垂首向後屈身拖腿如前。時見但垂手向後。屈身拖腿如前。子幼。早晚見父母。俱執手嗅之。餘如前。見祖父如見父。見祖母如見母。兄弟及親戚相好者。久別相見。則相抱。然後垂首屈身。見長輩如見父儀。而不相親嘴。長輩而年相若者。亦相抱。唯卑者微懸其足。女見父母及祖父母。幼則如男。長則趨進執其手嗅之。退後兩手攝其帬稍屈足數四。見舅姑亦如之。親戚男女相見。男則垂手屈身拖腿。女則兩手攝其帬。屈足數四。然後坐。女相見則相向立。各攝其帬。屈足左右團轉。然後坐。朋友親戚路遇。則各去其帽。出外攜眷回家。有親戚訪問者。女人必出陪坐語。女人出外遊觀。則丈夫或家長親戚攜手同行。亦有一男攜二女同行者。此其大略也。俗貴富而賤貧。其家富豪。貧者雖兄弟叔姪皆不敢入其室。不敢與同食云。土產金、銀、銅、鐵、白鐵、珊瑚、硇砂、鼻烟、柴魚、蒲桃酒、番鹼、哆囉絨、羽紗、嗶嘰、鐘表。民多種麥無稻。耕犂俱用馬。

大西洋國今葡萄牙。波斯大食人稱歐羅巴人曰 Farang。舊譯作佛郎機。顧首與中國通者爲葡萄牙人。故明史卽以佛郎機名之。然耶穌會士之入中國者。輒自名爲大西洋。亦有實稱其國名 Portugal 者。明史佛郎機傳有蒲麗都家。意大里亞傳有波而都瓦爾。皆其對音。葡語稱葡萄牙人曰 Português。殆爲布路叽士之所本。清高稱港內有市鎭七處。似入 Ria de Lisboa 港。湖 Tagus 河流而上之七鎭。其實非也。瑪吉士地理備考（海山仙館叢書本）卷四所誌者。卽是清高時之輿記。據云大西洋國共有六省。一曰曦嘶噓嘞嗎嘟啦（Estremadura）。省城名哩嘶啵啞（Lisboa）。此應是本條之預濟窩亞。二曰啤嚟（Beira）。省城名嘓喋吧啦（Coimbra）。此爲葡萄牙學府所在。耶穌會士至中國者多曾在此學習。應是本條之金吧喇。三曰啞嘐噓叺（Alemtejo）。省城名呃嚕啦（Evora）。疑是本條之窩嗟。四曰啞唎呀嗍嘁（Algarve）。省城名啜囉（Faro）。疑是本條之未嚕。五曰呌囉咪嚌（Douro e Mino）省城名吧啦咖（Braga）。疑是本條之阿喇咖。六日嗟啦嘶嚈嘶嚎嚈咁（Traz oz Montes）。省城名吧啦咹嚧（Bragança）。凡六省首府。本條已著其五。至維丢。疑爲啤嗽省之嚨嘐（Vizeu）。渣彼。疑爲啞嘐噫叺省之啤嚧（Beja）而渣彼倒誤也。所記官爵名稱。殆盡本葡語。葡語國王曰 rei。此譯作哩。王子曰 principe。此譯作吣林西彼。王女曰 princeza。此譯作吣林梭使。伯爵曰 conde。此謂相國爲干爹。疑當時執政者是一伯爵。相國曰 chanceller。此譯作禪施哩。部長曰 ministro。此譯作明你是路。上校作 coronel。此譯作果囉你呢。中校作 tenente-coronel。此譯作爹領第果囉你呢。少校曰 major。此譯作蠻喲。上尉曰 capitao。此譯作呷吣丹。中尉曰 tenente。此譯作爹領第。少尉曰 alferes。此譯作阿哩梭衰。州長曰 prefeito。此譯作威伊哆。餘若宗教風俗。大致不誤。足證清高常附葡國船舶。足跡曾履葡國也。

大呂宋國。又名意細班惹呢。在西洋北少西。由大西洋西北行約八九日可到。海口向西。疆域較西洋稍寬。民情兇惡。亦奉天主教。風俗與西洋略同。土產金、銀、銅、鐵、哆囉絨、羽紗、嗶嘰、蒲桃酒、琉璃、番覦、鐘表。凡中國所用番銀。俱呂宋所鑄。各國皆用之。

大呂宋國今西班牙舊譯名見呂宋條條註意細班惹呢此言西班牙人疑本葡萄牙語 Hespan-hol 或西班牙語 Espanol 海口向西之大港疑爲 Cadix

佛郎機國又名佛蘭西在呂宋北少西疆域較呂宋尤大沿海舟行四十餘日方盡由呂宋陸行約二十日可到民情淳厚心計奇巧所製鐘表甲于諸國酒亦極佳風俗土產與西洋略同亦奉天主教所用銀錢或三角或四方中俱有十字文

佛郎機今法蘭西從法英語名 France 從葡語名 França 此作佛郎機者殆筆受者以明史有佛朗機又因海國聞見錄作佛蘭西故兩著之今巴黎拿破崙墓後廢軍院陳列拿破崙遺物中有廈門土產殆爲清高販售之物歟

荷蘭國在佛朗機西北疆域人物衣服俱與西洋同唯富家將死所有家產欲給誰何必先呈明官長死後即依所呈分授雖給親戚朋友亦聽若不預呈則籍沒雖子孫不得守也原奉天主教後因寺僧滋事遂背之然仍立廟宇亦七日則禮拜死則葬于墳園國王巳絕嗣羣臣奉王女爲主世以所生女繼今又絕國中不復立王唯以四大臣辦理國政有死者則除其次如中國循資格以次遷轉不世襲

所屬各鎮。雖在數萬里之外。悉遵號令。無敢違背。豈其公忠之氣足以震懾。與抑其法度有獨詳明者與。亦以天主教紀年。國中所用銀錢。爲人形騎馬舉劍。謂之劍錢。亦有用紙鈔者。土產金、銀、銅、鐵、玻璃、哆囉絨、羽紗、嗶嘰、番覷酒、鐘表。羽紗玻璃甲於諸國。

荷蘭今 Nederland。舊名 Holland。明史作和蘭。亦作阿蘭。意大利語作 Olanda。殆爲阿蘭之所本。

伊宣國在荷蘭北。疆域較西洋稍狹。由荷蘭向北行約七八日可到。風俗土產與西洋同。

荷蘭北臨大海。無伊宣國。後盈蘭你是條謂盈蘭你是在伊宣西北。假擬此盈蘭你是爲愛爾蘭。則此伊宣應爲別見後條之暎咭利。

盈蘭你是國在伊宣西北。疆域風俗土產與伊宣同。由伊宣沿海向北少西行約旬餘可到。

今愛爾蘭英語作 Ireland。愛爾蘭人葡語作 Irlandés。疑爲盈蘭你是之所本。則可假定伊宣爲暎咭利矣。

亞哩披華國在盈蘭你是東。其南與佛朗機毗連。由盈蘭你是向東少北行約數日可到。人頗豪富。男子所穿衣較西洋稍長。女子以巾裹頭。連下頷包之。頭戴一圈平頂。插以花。其額圍以珠翠。亦稍異西洋云。

比利時國有 Anvers。葡語亦名 Antuerpia。北海之大港也。疑卽此亞哩披華。淫跛輦國在亞哩披華東北。風俗疆域土產略同。其伊宣盌囒你、是亞哩披華、淫跛輦各國交界處。有地名郎嗎。衆建一廟。禮拜者日無隙晷。是西洋、呂宋、佛朗機、伊宣、淫跛輦、雙鷹、單鷹七國所共奉祀。盌囒你、是亞哩披華二國則不拜。

此國應指中歐之一大國。海國聞見錄曾以匈牙利爲中亞諸國之代稱。譯名作黃旗（Hungary）。謂此國南接那嗎（Roma）民哖呻（Venice）。東鄰普魯社（Prussia）北接客因（Dane 丹麥）。西隔海與英圭黎（England）對峙。沿北海而至客因。當時中歐諸國疆域雖匈牙利較大。然日耳曼帝國名義尚存。葡萄牙語名帝國曰 Imperio。應爲此淫跛輦之所本。郎嗎卽海國聞見錄之那嗎。今羅馬也。至謂葡萄牙、西班牙、法蘭西、英吉利、日耳曼、意大利、丹麥七國共奉祀愛爾蘭、比利時二國則不拜云云。殆淸高傳聞未審也。

殺（原註部律切）古國在西洋呂宋佛朗機之後港口在伊宜各國之北疆域極大本回回種類人民强盛穿大袖衣裹頭服皮服不與諸國相往來西洋人謂之仍跛喇多者猶華人言大國也唯稱中華及殺古爲然

殺古今土耳其葡語稱土耳其爲 Turquia 土耳其人爲 Turco 殺古猶言土耳其人法語名土耳其政府曰 La Porte 此言門應爲仍跛喇多之所本伊宜條謂伊宜在荷蘭北本條謂殺古港口在伊宜各國之北足證淸高昧於方向而其足跡未至地中海也

雙鷹國又名一打輦在殺古港口之西北疆域與西洋同與單鷹國爲兄弟患難相周恤亦奉天主教風俗大略亦與西洋同番舶來廣東有白旗上畫一鳥雙頭者即此國也

英語名意大利人曰 Italian 意大利西班牙葡萄牙語皆曰 Italiano 應爲此一打輦之對音當時意國尙未統一而航海經商之國以 Genoa 共和國爲最著名所謂一打輦殆指此國

單鷹國又名帶輦在雙鷹西北疆域風俗略同番舶來廣東用白旗畫一鷹者是

單鷹國又名帶輦似出英語之 Dane 此言丹麥人也海國聞見錄作客因當時與挪威併爲一國

埔魯寫國又名嗎西噶比。一作北在單鷹之北。疆域稍大。風俗與回回同。自亞哩披華至此。天氣益寒。男女俱穿皮服。彷彿與中國所披雪衣。夜則以當被。自此以北。則不知其所極矣。

埔魯寫。海國聞見錄作普魯社。即 Prussia。

暎咭利國。即紅毛番。在佛朗機西南。對海。由散爹哩向北少西行。經西洋呂宋佛朗機各境。約二月方到。海中獨峙。周圍數千里。人民稀少。而多豪富。房屋皆重樓疊閣。急功尚利。以海舶商賈為生涯。海中有利之區。咸欲爭之。貿易者徧海內。以明呀喇曼噠喇薩孟買為外府。民十五以上則供役於王。六十以上始止。又養外國人以為卒伍。故國雖小而强兵十餘萬。海外諸國多懼之。海口埔頭名懶倫。由口入舟行百餘里。地名論倫。國中一大市鎮也。樓閣連綿。林木葱鬱。居人富庶。匹於國都。有大吏鎮之。水極清。甘河有三橋。謂之三花橋。橋各為法輪。激水上行。以大錫管接注。通流藏于街巷道路之旁。人家用水。俱無煩挑運。各以小銅管接于道旁錫管。藏于牆間。別用小法輪激之。使注於器。王則計戶口而收其水稅。三橋分主三方。每日轉運一方。令人徧巡其方。居民命各取水。人家則各轉其銅管小法輪。水至自注於器。足三日用則塞其管。一方徧則止其輪。水立涸。次日別轉一方。三日而徧。週而復始。其禁令甚嚴無敢盜取者亦海外奇觀也國多娼妓雖姦生子必長育之無敢殘害男女俱穿白衣凶服則用黑武官俱穿紅女人所穿衣其長曳地上窄下寬腰間以帶緊束之欲其纖也帶頭以金爲扣名博咕魯士兩肩以絲帶絡成花樣縫于衣上有吉慶延客飲燕則令女人年輕而美麗者盛服跳舞歌樂以和之宛轉輕捷謂之跳戲富貴家女人無不幼而習之以俗之所喜也軍法亦以五人爲伍伍各有長二十人則爲一隊號令嚴肅無敢退縮然唯以連環鎗爲主無他技能也其海艘出海貿易遇覆舟必放三板拯救得人則供其飲食資以盤費俾得各返其國否則有罰此其善政也其餘風俗大略與西洋同土產金、銀、銅、錫、鐵、白鐵、藤、哆囉絨、嗶嘰、羽紗、鐘表、玻璃、呀囒米酒而無虎豹麋鹿

暎咭利海國聞見錄作英圭黎懶倫論倫應皆指倫敦 (London) 清高言時殆謂海口埔頭名懶倫或論倫入口舟行百餘里方至而筆受者誤分爲兩地也

綏亦咕國在暎咭利西少北疆域與西洋略同風俗土產如暎咭利而民情較淳厚船由荷囒往約旬餘由暎咭利約六七日可到來廣貿易其船用藍旗畫白十字

綏亦咕瑞典（Sverige）也葡萄牙語名瑞典曰 Suecia 瑞典人曰 Sueco 綏亦咕猶言瑞典

人也。

盈黎嗎祿咖國在綏亦咕西北。與綏亦咕同一海島。陸路相通。而疆域較大。人稍粗壯。風俗土產同。即來廣州黃旗船是也。

盈黎嗎祿咖那威(Norge)也。葡萄牙語名那威曰 Noruega。應爲嗎祿咖譯名之所本。盈黎對音未詳。

咩哩干國在暎咭利西。由散爹哩西少北行約二月。由暎咭利西行約旬日可到。亦海中孤島也。疆域稍狹。原爲暎咭利所分封。今自爲一國。風俗與暎咭利同。即來廣東之花旗也。土產金、銀、銅、鐵、鉛、錫、白鐵、玻璃、沙藤、洋參、鼻烟、呀囒米、洋酒、哆囉絨、羽紗、嗶嘰。其國出入多用火船。船內外俱用輪軸。中置火盆。火盛沖輪。輪轉撥水。無煩人力。而船行自駛。其製巧妙。莫可得窺。小西洋諸國亦多效之矣。自大西洋至咩哩干。統謂之大西洋。多尙奇技淫巧。以海舶貿易爲生。自王至於庶人。無二妻者。山多奇禽怪獸。莫知其名。而無虎豹麋鹿。凡船來中國。皆南行過峽。轉東南經地問。噶喇叭。置買雜貨。北入噶喇叭峽。過茶盤。即地盆。經紅毛淺而來。若不泊噶喇叭。則由地問北經馬神。崑甸。西至茶盤。北經紅毛淺而來。九月以後。北風急。則由地問借風向文來蘇祿小呂宋東沙而來。其往小西洋貿易者。則由噶喇叭西北行。經蘇蘇之西。呢是之東。又西北經呢咕吧拉而往。由小西洋復來中國。則東南行。經亞齊東北。麻六呷西南。入白石口。轉茶盤而來。遇北風。則由白石口東南行。至細利洼入小港。經蘇祿小呂宋東沙而來。內港船來往則必乘南北風。其蘇祿呂宋一道。從未有能借風而行者。此其大略也。

咩哩干指北美合衆國。蓋 Americain 之對音。後條之亞咩哩隔（America）亦爲全洲之稱。本書則以爲南美洲國名。其誤正同。淸高初航海時。適當北美十三州獨立之始。故云今自爲一國。Fulton 發明汽船爲一八〇三年。事後十六年。始有汽船橫渡大西洋之舉。淸高殆在流寓澳門時獲聞此新發明也。本條後所言航程。非美洲之航程。蓋爲往來西洋之航程。當時西洋船來中國。經麻六呷海峽東南行。渡 Gaspar 或 Banka 峽。經爪哇地問（Timor）復轉西北沿𣴪泥（Borneo）之馬神（Banjarmassin）崑甸（Pontianak）北行。九月以後北風急時。則由地問經芒咖薩（Mankassan）峽向文來（Brunei）蘇祿（Sulu）小呂宋（Manila）北行。由中國赴小西洋（Goa）則經孫他（Sunda）峽。沿蘇門答剌西岸。經翠藍嶼（Nicobaris）而往。當時航海

倘用帆船必須信風應以仲冬往初夏來否則須避風行也

亞哶哩隔國在峽山正西由峽山西行約一月可到土番爲順毛烏鬼性情淳良疆域極大分國數十各有土王不相統屬總名亞哶哩隔天氣炎熱與南洋諸國同中有一山名沿你路周圍較西洋國爲大近來西洋王移都于此舊都命太子監守由沿你路西行十餘日地名埋衣唧亦爲西洋所轄又西行十餘日至彼咕嗟哩則爲暎咭利所轄其餘各國亦多爲荷蘭呂宋佛朗機所侵占至此者脚多生蟲其形如蝨須長洗浴挑剔始已土產五穀、鑽石、金、銅、蔗、白糖又有一木可爲粉土番多食之由此東北行亦通花旗各國

亞哶哩隔 America 之對音也本條特指南美洲東岸之巴西（Brazil）沿你路指巴西都城 Rio de Janeiro 埋衣唧指巴西海港 Bahia 按葡萄牙王子若望六世（Joao VI）攝政爲一七九二年事法兵占據葡境葡國王室遷巴西爲一八〇七年冬事淸高謂近年西洋王移都于此舊都命太子監守誤合二事爲一殆亦得之傳聞者也

鬈毛烏鬼國在妙哩士正西由妙哩士西行約一月可至疆域不知所極大小百有餘國民人悉愚色

黑如漆。髮皆鬈生。其麻沙密紀國、生哪國、咖補、呧輦國、皆爲西洋所奪。又嘗掠其民販賣各國爲奴婢。其土產五穀、象牙、犀角、海馬牙、橙、西瓜。

鬈毛烏鬼國今非洲。海國聞見錄云「自烏鬼地方係順毛烏鬼。北與小西洋阿黎米也（Arabia）之山相聯。沿海生向西南坤申方而盡呷（Cape of Good Hope）處。方繞向西北。與闇年烏鬼王國（Guinea）爲界。又於呷之東面懸海大山係嗎里呀氏箭（Madagascar）。烏鬼一國間有舟楫通粵東。自闇年又向西北復繞出極西西方一帶。皆闇年鬈毛烏鬼地方。又自西復往西北與蘇麻勿里烏鬼（Somali）爲界。中又一國。亦名烏鬼國王（Abyssinia）。西面皆沿海接聯。北面一帶陸地俱聯蘇麻勿里。東與接連阿黎米也之順毛烏鬼爲界。周圍皆屬烏鬼地方。種類繁多」。則在聞見錄中之順毛烏鬼乃指埃及。而本書亞咩哩隔條則移稱南美土人。本條所誌非洲諸國。亦不及聞見錄之詳。生哪國未詳其對音。麻沙密紀指 Mozambique。咖補指 Cape。此言岬。卽本書之峽山。聞見錄之呷。呧輦指 Guinea。卽聞見錄之闇年。據本書妙哩士（Mauritius）條。淸高足跡僅至峽山（Cape town）以後。沿西非海岸行。中間曾一維舟散爹哩（St Helena）。未歷其他非洲海岸也．

哇夫島．哇希島．匪支島．唵你島．千你島．蓊格是．哪韋吧．亞哆歪．以上八島俱在東海．由地問正東行約二月可到．每島周圍十餘里．各有土番數百．其地多豬．西洋船經此．取鐵釘四枚．即換豬一頭．可三十斤．人性渾厖．地氣炎熱．土番不穿布帛．惟取鳥衣．或木皮圍下體．能終日在水中．有娼妓．見海舶來．俱赤身落水．取大木一段．承其頷．浮游水面．海舶人招呼之．即至．聽其調謔．與之鐵釘二枚．則喜躍而去．不知其何所用也．有花旗番寓居亞哆歪．採買貨物．土產珍珠、海參、檀香、薯芋．無五穀牛馬鷄鴨．有果不知其名．形似柚而小．熟時土人取歸．火煨而食之．味如饅頭．不食鹽．由此又東行二三月．海中有三山．其洋人呼其一爲努玉．一爲衫哩．一爲亞喇德反．並無居人．唯有鳥獸．聞過此以東．則南針不定．番舶亦不敢復往云．

哇夫島疑爲 Papua (New Guinea) 島．哇希島疑爲澳洲 (Australia)．匪支島應是 Fiji 島．蓊格是應是 Marquise 島．哪韋吧疑爲 New Hebrides 島．亞哆歪疑爲 Sandwich 諸島．亞字疑誤．餘未詳．

開於。在東北海由哇夫島北行。約三月可到。謝清高云。伊昔隨西洋海舶至此採買海虎、灰鼠、狐貍各皮。天氣凝寒。雪花徧地。船初至海口。有冰塊流出。大者尋丈。未敢遽進。鳴大礮。有土人搖小船來引。其船皆刳獨木爲之。舶中有通其語者。故得與交易。聞其地名似爲開於二音。遂呼爲開於。其人甚希。而形似中國。食乾魚。每日見太陽在南方。高僅數丈。一二時即落。而未甚昏黑。惟戌亥二時始晦。餘時俱可見。人每月唯望前後數日可見月光。星光則未見也。初到時手足皆凍裂。而土人無恙。唯來往手中皆執大木葉二。坐則以足踏之。知必有取也。亦效之。果愈。不知爲何木也。土人極喜中國皮箱。見則以皮交易而去。偶上岸步行。入一土窟。土人外出。見藏皮箱十餘。開看皆裝人頭二顆。怖而返。由此復北行二十餘日。至一海港。復鳴礮。不見人來。遂不敢進。聞其北是爲冰海云。其東洋諸國。清高所未至。故皆不錄。

開於之對音疑是 Kurile。則清高所至之開於。殆爲千島中之一島。又北行二十餘日。至一海港。疑在 Kamtchatka 半島中。

# 吳蘭修傳

見嘉應州志卷二三人物

吳蘭修字石華嘉慶戊辰舉人爲信宜訓導監課粵秀書院（文晟嘉應州志增補考略）阮相國總制兩廣時於廣州城粵秀山越王臺故址建立學海堂以課士首選蘭修爲學長其品學已可概見工詩文尤精考據兼擅算術之學曾序李雲門侍郎輯古算經考注立言無多要能眞揭王氏之旨非深於古法者不能道又撰有方程考皆有功於九數者也（續補疇人傳）善倚聲得姜張宗法（文晟嘉應州志增補考略）著有荔村吟草桐華閣詞搆書巢於粵秀講院藏書數萬卷枕經葄史自云喚作詞人死不瞑目著南漢紀五卷竭十年精力以成是書攟拾獨當考覈尤精每條必著出典以矯吳志伊十國春秋之失爲附錄考異於各條之下見搜羅之已遍決擇之特嚴正史紀傳或遜其詳明簡當而奚論於霸史也南漢地理志一卷南漢金石志二卷（嶺南遺書伍崇耀跋）精於品鑒成端溪硯史三卷（盧坤端溪硯史序）又著有宋史地理志補正其古文有二種學六朝者得其韻學八家者得其法（國朝嶺南文鈔小序）初刻文集一帙多關繫風俗人心之作而弭害一篇尤切時務與州人士訂修志款約深爲有見惜未及舉行而卒（文晟嘉應州志增補考略）

原書缺頁

# 楊炳南傳（見嘉應州志卷二三新輯人物）

楊炳南。字秋衡。弟時南。號舜琴。同中道光己亥科舉人。炳南溫厚和平。一見知爲長者。晚年値髮賊擾亂。總理保安局事務。糾合三十六堡鄉民團練守禦。鄉邦賴之。嘗因謝清高口述。炳南筆而錄之。著海錄若干卷。徐繼畬瀛環志略。魏源海國圖志咸采取之。時南由大挑分發陝西。歷任安定白水城固知縣。清操自矢。歿後宦橐蕭然。（采訪冊）

中華民國二十七年七月初版

✤E三八四五 平

(93838)

史地小叢書 海錄注 一冊

每冊實價國幣肆角伍分
外埠酌加運費匯費



口述者 謝清高
筆受者 楊炳南
注釋者 馮承鈞
發行人 長沙南正路 王雲五
印刷所 長沙南正路 商務印書館
發行所 各埠 商務印書館

(本書校對者蒞雲霆)